出卖影子的人

LA MARAVILLOSA HISTORIA DE PETER SCHLEMIH

[德]沙米索 著　[西]奥古斯丁·科莫托 绘　琳子 译

中国经济出版社
CHINA ECONOMIC PUBLISHING HOUSE
·北京·

图书在版编目（CIP）数据

出卖影子的人/（德）沙米索著；（西）奥古斯丁·科莫托绘；琳子译．--北京：中国经济出版社，2024.3

（银河少年奇幻名著金奖美绘系列）

ISBN 978-7-5136-7624-3

Ⅰ.①出… Ⅱ.①沙… ②奥… ③琳… Ⅲ.①儿童故事-图画故事-西班牙-现代 Ⅳ.①I551.85

中国国家版本馆CIP数据核字（2024）第015808号

Originally published in Spanish by Nordica Libros SL (www.nordicalibros.com).
La maravillosa historia de Peter Schlemihl, by Adelbert von Chamisso
© illustrations Agustín Comotto
The simplified Chinese transaltion rights arranged through Rightol Media（本书插画中文简体版权经由锐拓旗下小锐取得 Email：copyright@rightol.com）and Oh！Books Literary Agency（Email：info@ohbooks.es）

责任编辑	陶栎宇
责任印制	马小宾
封面设计	平　平

出版发行	中国经济出版社
印 刷 者	北京艾普海德印刷有限公司
经 销 者	各地新华书店
开　　本	787mm×1092mm　1/16
印　　张	9
字　　数	69千字
版　　次	2024年3月第1版
印　　次	2024年3月第1次
定　　价	68.00元

广告经营许可证　京西工商广字第8179号

中国经济出版社　网址 www.economyph.com　社址 北京市东城区安定门外大街58号　邮编 100011
本版图书如存在印装质量问题，请与本社销售中心联系调换（联系电话：010-57512564）

版权所有　盗版必究（举报电话：010-57512600）
国家版权局反盗版举报中心（举报电话：12390）　　服务热线：010-57512564

推荐序

幻海泛起智慧之光

王晋康

在地球的每个角落，都不乏喜爱科幻、奇幻文学的读者，尤其是青少年读者。对于这类作品的喜爱，或许源于人们仰望星空或纵览山川湖海时产生的对世间万物的向往与好奇，那神秘的未知世界，无时不激发着人类浪漫的想象力或理性的求知欲。回溯以往，仰视漫天璀璨星斗，是否点亮了初民对世界最初的思考？毕竟，智慧往往诞生于人类向外观察宇宙、向内审视自身的刹那间。

而现代人从外太空观察地球又是怎样的感受呢？2022年10月，意大利女航天员萨曼莎·克里斯托福雷蒂从国际空间站遥望地球时，引用中国古代书法家王羲之《兰亭集序》中的名句"仰观宇宙之大，俯察品类之盛，所以游目骋怀，足以极视听之娱，信可乐也"，引发了全球网友的热议，人们惊叹距今1600余年的先贤那超越时空的眼界与胸怀，也"刷新"了当代人对科学技术和人文学科相结合的认知——科学与文化的发展，如同人类文明的两翼，共同支撑起现代文明的坚实根基。

科技与人文的结合，也是"银河少年科幻/奇幻名著金奖美绘"丛书的出版初衷。丛书囊括了科幻小说、动物小说、冒险故事、童话和寓言，内容处处不离一个"幻"字——不论是科幻经典还是奇幻经典，都有着超越时代、常读常新的理性精神与艺术价值。

其中，科幻系列包括"科幻小说之母"玛丽·雪莱和"科幻小说之父"凡尔纳的名作：《科学怪人》《从地球到月球》《海底两万里》。作为科幻文学的开山之作，《科学怪人》以弗兰肯斯坦博士制造巨人为主线探索生命科学，以诗性的语言、充满戏剧张力的矛盾冲突，对科学发展与社会伦理作出振聋发聩的预言。同样是科幻文学的奠基之作，凡尔纳的《从地球到月球》《海底两万里》把视线投向了神秘的太空与深海，畅想了天文学、弹道学、力学、化学、材料学、海洋学、生物学等诸多学科在工业领域的应用。作品深刻影响了"火箭之父"冯·布劳恩、现代航天学和火箭理论奠基人康斯坦丁·齐奥尔科夫斯基、美国天文学家埃德温·哈勃、第一个进入太空的人加加林，也包括刘慈欣与我等科幻作家，虽然其中的一些细节已被时代所超越，但蕴含的开创意义和探索精神，至今熠熠生辉。

奇幻系列则包括情节更加奇特、浪漫的《变形记》《野性的呼唤》《出卖影子的人》《想当国王的人》，作者分别是文学大师卡夫卡、杰克·伦敦、沙米索和诺贝尔文学奖得主吉卜林。这些作品倾向于人文精神的启蒙，以讲述人与人的关系、人与世界的关系、人与自身的关系、人与梦想的博弈的四个寓言，对人性发出了终极的考问。

好故事离不开优秀的译本，精彩的插画则会为读者带来身临其境的感受。相信这套集"名著、名译、名绘"于一体的丛书的出版，会为青少年读者带来充满艺术气息、人文理想气息和经典气息的不同凡响的阅读体验，也希望每一代孩子都在科学熏陶和人文情怀下获得茁壮成长！

目 录

前　记　彼得·施勒米尔的奇异故事 _1

一　神秘的灰衣人 _001

二　堆积如山的金子 _015

三　失去影子之后 _027

四　大人物 _039

五　魔鬼灰衣人 _055

六　和魔鬼的协议 _067

七　绝望让我学会的东西 _079

八　与魔鬼同行 _089

九　七里靴 _101

十　漫游世界 _109

十一　真正的生活刚刚开始 _115

CONTENTS

前 记
彼得·施勒米尔的奇异故事

阿德尔贝特·冯·沙米索[1] 致彼得·施勒米尔[2]

我亲爱的老朋友:

我们分开这么多年之后还能听到您的故事,看到您的作品,真的是太棒了。

我总是回忆起我们的孩提时代。那段时间里我们形影不离。

可现在,我已经是一个头发灰白的老头儿了,早就学会了圆滑世故。所以,即使我在某个时刻极其想要联系您,在所有人面前骄傲地宣布您是我的朋友——一个可怜的朋友,一个遭受诅咒的朋友,但我退却了。

我不知道我的想法会不会给您带来困扰。所以我只能为您祈祷。

只要我还能呼吸,我就会为您祈祷,哪怕我的祈祷是那么的微不足道。

我知道发生在您身上的事情。因为我也曾被影子的问题所困扰。

虽然它是我与生俱来的东西。我也没有把它弄丢过。

可我们是如此的相似,在人生中某个不懂事的时间段,没有领悟影子对于我们是多么的重要。

"蠢货,你的影子在哪里?"

那些喜欢恶作剧的人曾经也这么对我吼过。

我也曾经试图向他们展示我的影子。

可他们依然嘲笑我。

---

[1] 阿德尔贝特·冯·沙米索:本文作者的全名。
[2] 施勒米尔:原文 Schlemihl,在德语中指笨拙、无能或者不幸的人。

那时的我并不明白，影子意味着什么。

我只觉得自己有罪。

如果我是无罪的话，为什么会有这么多的人嘲笑我呢？

不过，当我苦苦思索了足足一万九千天之后，我终于想通了。

芸芸众生皆有影，影随人心，心动影动。

如果我们的内心足够坚强，那么我们完全可以不在乎自己的影子。

只要我们紧盯着自己想要实现的目标，踏实地生活即可。

让那些嘲笑我们的人继续疯狂吧。

其实他们的喜怒哀乐与我们并没有多大关系。

我们不必因这样的人困扰。

只要坚定不移地朝着梦想前进就好。

阿德尔贝特·冯·沙米索
1834 年 8 月写于柏林

阿德尔贝特·冯·沙米索写给尤利乌斯·艾杜阿尔德·希采什[1]的信

亲爱的尤利乌斯·艾杜阿尔德·希采什:

您的记忆力一向很好,我觉得您一定还记得彼得·施勒米尔。

就是去年住在我家,拥有一双大长腿的年轻人。

虽然大家都觉得他是个蠢蛋,而他也的确迟钝又懒惰。

不过,亲爱的希采什先生,不要忘了咱们年轻时候的愈懒模样。

咱们年轻的时候,写一首十四行诗的工夫都要打个盹儿。所以咱们也就不要笑话他了。

其实,我亲爱的朋友。

您不知道施勒米尔都经历了什么。

他曾经被上帝遗弃,被一个灰衣魔鬼诱惑。

可是,这个年轻人最终挺了过来。

他最终勇敢地向命运发起了挑战,最终找到了自己生活的方向。

如果您有时间的话,我想您一定有时间。

请您看一看施勒米尔写给我的信。

因为您和他一样,是我的挚友。

我想和您一起分享他的作品。

这些作品是在一个阳光明媚的早晨,施勒米尔亲手交给我的。

当时的他穿着一件黑色外套。

我注意到他身上挂着一个药盒。

---

[1] 尤利乌斯·艾杜阿尔德·希采什(1780—1849年),担任过柏林最高法院的刑事法律顾问和董事,并成立出版社和开设书店。与多位作家来往密切,包括拉尔·瓦恩哈根、阿德尔贝特·冯·沙米索、弗里德里希·德·拉·莫特·富凯等。

有意思的是，那天很潮湿，空气中弥漫着水的味道。

可施勒米尔却在靴子外面套了双拖鞋。

总之，这个年轻人拜访了我，把他的作品交给了我，并且跟我讲了一个故事。

那是一个触及灵魂的故事。

这个故事绝对不是充满华丽辞藻的诗歌。

它朴实无华，充满了真情实感。

更重要的是，它具有强烈的批判意味。

在当下风气浮躁的社会之中，您可以把它当作一个笑话。

但如果这个故事让您产生了些许思考，那么我想它就有了价值。

所有伟大的喜剧不就是奔着这个目的吗？

我亲爱的朋友，不如让我们把这个故事讲给后人，让它经过历史的沉淀，看看它是否值得我如此的评价吧。

另外，请允许我附上这个年轻人的照片。请您再一次看看这个年轻人，从他的脸上，您一定能看懂些什么。

阿德尔贝特·冯·沙米索

写于1813年9月27日

弗里德里希·德·拉·莫特·富凯[1]写给尤利乌斯·艾杜阿尔德·希采什的信

亲爱的希采什先生：

我们有必要关注一下那个年轻人。即沙米索的朋友，可怜的施勒米尔。

我们应该好好地照顾他，让他免受歧视。

我知道这件事非常困难，因为这世间充满了偏见。

不过，我们可以让更多的人了解施勒米尔身上到底发生了什么事情。

这样他就不用一个人面对深渊了。

不过，亲爱的希采什，我们不能左右每个人的想法，不能强迫他人与施勒米尔共情。

好吧，我承认，就在一个多月之前，我甚至还在嘲笑施勒米尔。

然而当我了解到整件事情的来龙去脉之后，我才知道命运跟这个年轻人开了多么大的玩笑。

所以，我亲爱的希采什。

我深知您与我一样，对这个世界充满了爱与激情。

所以我坚信当您和我一样，了解施勒米尔的故事之后，您一定会和我一样喜欢上这个小伙子。

实际上，我想了很久如何向您介绍这个挑战命运的人。

最终我在滴落于熊熊火焰的香膏中找到了答案。

---

[1] 弗里德里希·德·拉·莫特·富凯：全称弗里德里希·海里奇·卡尔·德·拉·巴伦·莫特·富凯（1777—1843年），德国浪漫派作家。曾创作12部骑士小说，其中以3卷本小说《魔环》最受欢迎。富凯还写过剧本、诗以及历史和文学著作。其童话《水妖》讲述了一个获得了灵魂的水妖的故事，这部作品使他成为浪漫主义运动中的重要人物。不少画家为它作插图，德国著名作家恩斯特·特奥多尔·霍夫曼还以此为剧本创作了同名歌剧。

人固有一死，有些人死得黯淡，有些人却在生命结束之前绽放自己所有的华彩。

如今，我听说沙米索已经把施勒米尔的故事整理成册。

那么请您把它带到人群之中吧。

让他的故事敲开更多人的精神世界。

我相信这也是施勒米尔希望看到的事情。

我也相信这在您力所能及的范围之内。

愿上帝保佑您。

您忠实的朋友

写于1824年5月底

希采什写给富凯的信

当您毅然决然地表示自己将资助《彼得·施勒米尔的奇异故事》出版一事的时候，我只能感谢您是如此地信任我们。

现在我可以自豪地向您宣布：

这本书不仅有法语和英语出版物，我们让荷兰人、西班牙人以及美国人都看到了《彼得·施勒米尔的奇异故事》。

如今，柏林的出版界正在筹划该书的一个全新版本。我们吸取了之前的教训，将为新的版本配上精美的插图。

这样有助于更多的人了解施勒米尔身上到底发生了什么。

当然了，我得向您抱怨两句，您在1814年给我的是沙米索的初稿。他在1815年至1818年在智利对稿子进行了大刀阔斧的修改。

我们了解到，他更喜欢我们出版经过他修改后的版本。

这个版本才能更好地讲述施勒米尔的故事。

我们当然会这么做，如果可以更好地为读者带来阅读体验的话，我们甚至更加期待三稿或四稿。

对了，我还得告诉您，如今，施勒米尔已经家喻户晓。几乎每个孩子都耳熟能详他的故事。所以请您告诉施勒米尔。当他旅行劳累的时候，如果有孩子想要靠近他。请他不要害怕。

您放心，孩子们知道施勒米尔是一位植物学家，也知道他是一位抒情诗人。所以，孩子们靠近他，只是想进一步地看一看这个传奇似的人物到底是什么模样。

尤利乌斯·艾杜阿尔德·希采什
1827年1月写于柏林

一
神秘的灰衣人

出卖影子的人

海上航行虽然很精彩,但我却有些倦怠了这样的生活,盼望着早点抵达港口。于是船一到岸,我就背起自己仅有的一个小包袱蹿进熙熙攘攘的人群。

我的首要目的是寻找住处,不过囊中羞涩,只能走进一家简陋的旅店。看了一眼标价牌,我要了个小房间,服务员用眼角瞥(piē)了我一眼,把我带到了阁楼。我请求他给我送一些清水,并询问他是否知道托马斯·约翰先生的住处。

"他家住在北街的右手边,那个又新又宽敞的房子就是他的住处。那里很好认,因为有很多红白相间的大理石柱子,特别醒目。"

服务员这下真是帮了大忙,我不用再费心问路,省下了不少时间,正好可以收拾一下自己。打开自己的小包袱,我从里面找出一件翻新过的黑色上衣。这件衣服虽然有些年头儿了,却是我最好的衣服。我攥了攥口袋里的介绍信,准备动身拜访那位大人物,希望他能实现我卑微的愿望。

北街很长,走得我心里发慌。好在那些与阳光嬉戏的绿树丛总有尽头,红白相间的柱子杵(chǔ)在那里,让我稍微地安稳下来。

"应该就是这里了。"我轻声对自己说,顺便用手帕仔细擦去鞋

一 神秘的灰衣人

子上的泥土，并且整了整领带，确保自己看起来像那么回事儿，然后才紧张地扯了扯门铃。看在上帝的分儿上，就这么一连串简单的动作竟让我出了汗。

门打开了，一位仆人矫健地跑出来，发现只有我一个人，便盘问起我来。我强忍着内心的悸（jì）动，快速地回答着这些问题，希望能早点见到托马斯·约翰先生。然而接待我的仆人却慢条斯理，直到盘问完所有的问题，才带着我进门。

总之，我被"荣幸"地请进花园，一些人正在那里散步。我看到其中的一位大腹便便，立刻意识到这位应该就是我要找的托马斯·约翰先生，因为他在那里颐指气使，浑身上下散发着主人的气息。

约翰先生有条不紊（wěn）地接待了我，让我既有一种受宠若惊的感觉，又能明显地感觉到我与他之间的沟壑。这是一种上位者常用的手段，既能保持富人的体面，又不会让穷鬼心中嫉恨。

不过从始至终，他都没有转过身子正眼瞧我，只是象征性地跟我对视了一下，侧着身子接过介绍信，然后说道：

"哇哦，是我的兄弟。好久没有收到他的消息了。不知道他身体怎么样，希望一切安好。"

我不知道该怎么回答他，赶紧酝酿起词汇。可是约翰先生并没有和我交流的意思。他拿着信指了指不远处的一座小山，跟他的朋友说道："看到了吗？那里就是我建造新房子的地方。"

我知道这句话不是对我说的，于是讪（shàn）讪地站在一旁听约翰先生与他的朋友们讨论财富。约翰先生一边随意地拆掉介绍信的蜡封，丝毫没有注意到这封信对我是多么的重要，一边跟他的朋友们说："富翁的门槛是一百万，要连一百万都没有，请恕我无礼，那跟乞丐没什么分别嘛。"

"睿智！实在是太睿智了！"我表现得好像脱口而出一样，实际在脑子里搜刮了好久，才想到这么一个词儿。而约翰先生显然很喜欢这个相对高级的词汇，笑着对我说："我亲爱的朋友，请您留下来小住几天，跟我聊一聊关于这方面的看法。"接着扬了扬那封介绍信，当着我的面胡乱地折了一下，塞进衣服口袋里，然后很自然地挽住一位年轻的女士。

而这仿佛是一个信号，在座的其他男士立刻对那些漂亮的女士们尽显绅士风度，成双成对地一齐走向不远处的那座小山，去欣赏漫山遍野的花朵。

我跟在他们后面，有些不知所措。可他们并没有注意到我，仿佛我根本不存在，毫无顾忌地调着情，开着玩笑，分享着听来的八卦。这些八卦大多是一些庸俗的事儿，而且从他们的语气与反应来看，似乎和他们这个小圈子里的人有关。

我并不是很理解这些事，而且也知道自己并不属于他们的那个圈子，没有和他们相视一笑的默契，只能默默地跟在后面，仔细地观察每一个人。

这时，出现了一个小插曲。今天的女主角，美丽的梵妮[1]小姐，想要凭自己的力量征服一枝玫瑰。可惜玫瑰的尖刺瞬间刺破了她娇嫩的手指，深色的血涌了出来，把所有人都吓了一跳。这些所谓的大人物略显笨拙地摸着身上的口袋，却半天也不见哪个人拿出点有用的东西。还是我身边一位看着有些上年纪、身材瘦削、一直沉默并没有参与嬉笑的男人，从他那件并不潮流的灰色塔夫绸[2]上衣口袋里掏出了一只小布包，好似献宝一般送给她。而美丽的梵妮小姐却并没有什么特别的

---

[1] 梵妮：意思是"来自法国的女人"。这是法语中常见的女孩名字，寓意独立、积极、精明、严肃和幽默。

[2] 塔夫绸：源于英文 taffeta 的音译。用桑蚕丝织成的平纹绸类丝织物。

表示，只是顺手接过布包，处理自己的伤口。

伤口不大，很快便处理完毕。于是大家继续向山顶走去。这座小山的视野很棒，在这里不仅能看到著名的蔷薇迷宫，而且可以看到浩瀚的海洋。

此时，太阳正在热烈地亲吻着地平线，将昏暗的海水与碧蓝的天空渲染成了美丽的油画。油画的深处，一个亮点正在移动。约翰先生来了兴致，懒洋洋地说道："望远镜。"

又是那位身材瘦削的男人，在其他仆人做出反应之前就迅速开始了动作。他先是谦卑地鞠了个躬，然后在自己的上衣口袋里掏出了一个精致的望远镜，毕恭毕敬地交给约翰先生。

约翰先生将望远镜摆在眼前，看了一会儿远处的亮点，他告诉旁边的人："这是前一天就该离开的船，因为最近几天逆风，只能漂回来待在港口里。"然后将望远镜递了过去，示意旁人也看看，也没有问瘦削男人的意见，好像望远镜归他所有。

我倒是很惊讶，不明白瘦削男人是怎么从身上掏出这么大个望远镜的。更不明白的是，好像所有人都不在意这位灰衣人，就好像大家一点都没注意到我一样。

实际上，只有约翰先生，在仆人端上来名贵的饮料以及罕见的水果时，跟我说了一句话："不要客气，尽情享用这些吧，您在海上可吃不到这些东西。"

我赶紧鞠躬致谢，只是约翰先生并没有注意到，因为他只是随意地抛出这句话，然后立刻和他的朋友攀谈起来。约翰先生的朋友们很喜欢这座小山，海阔天空的视野让他们感到欢快。他们也有意愿躺在这里的草地上，只是有些顾虑潮湿的土壤会弄脏自己考究的衣服。于是其中一个人提议："要是现在这里能有几张土耳其地毯就好了。"

还是那个身穿灰色衣服的男人，用一种近似卑微的谦逊姿态，从身上掏出了一块土耳其地毯。这块地毯布满了金线，并且有着丰富的纹路，看上去非常考究。

旁边的仆人们似乎见怪不怪，把地毯接了过来，按照主人的指点，铺在了他们想要的位置上。约翰先生的朋友一点儿也不客气，一股脑全扎进了地毯里。

一切就是那么突如其来，甚至都没有什么魔法仪式。我看了看这块足足有十尺宽二十尺长的硕大地毯，又看了看那个瘦削的男人，简直不敢相信自己的眼睛。更奇怪的是，除了我之外的所有人都似乎觉得这是理所当然的事情，并没有什么好奇怪的。

好奇心像小猫一样挠得我心里痒痒，可我不知道该与谁攀谈。总不能问仆人吧？我可不是什么百万富翁，要是被他们拒绝那可就太丢面子了。

最终，我还是鼓起了勇气，走到一个年轻人面前。因为他不像别人那样健谈，总是一个人安静地待在一旁。

我低声问他："您知道那位殷勤的长者是谁吗？就是穿灰色衣服的那位。"

"您说的是他，那个好像从裁缝的针孔里露出的线头一样的男人？"

"是的，就是那个男人。"

"我可不认识他。"年轻人说着便转过了身子，一副不愿意和我交谈的样子，为此他甚至和别人生硬地谈起一些琐碎之事。

不知不觉，太阳终于想起了自己的工作，挣脱地平线的怀抱，向着广阔天地散发浑身的炽（chì）热。女士们却皱起了眉头，美丽的梵妮小姐径直走向那个灰衣人。在座的所有人里，她是第一个主动与其交谈的人。只听梵妮小姐慢条斯理地问他是否带着帐篷。灰衣人仿佛

收获了最大的尊重，深深鞠了一躬，然后将手插进口袋里，好像变魔法一般掏出布帐、支棍、绳子以及铆（mǎo）钉……总而言之，他的口袋已经不能称为口袋了，唤作备货齐全的商店更为恰当。

年轻力壮的绅士们此时有了表现的机会。他们通力合作，将帐篷支在了地毯上，一切表现得顺理成章。没有人表达出任何的疑问。

除了我，看在上帝的分儿上，没有人知道现在的我正在经受什么样的精神冲击。尤其是在我看到灰衣人从包里掏出三匹马。是的，三匹美丽的、壮实的黑马，配着做工精良的马鞍与马具的高头大马，居然被这个瘦削的男人轻而易举地从口袋里掏出来了。而在这之前，他还拿出了一个布包、一个望远镜和一个十尺宽二十尺长的地毯，以及与之尺寸配套的帐篷。

如果不是亲眼所见，很难相信这一切是如何发生的。我死死地盯着这个瘦削的男人，他谦虚的态度以及不被旁人重视的样子让我不敢相信他竟然有如此强大的能力。

蓦（mò）地，我感到一丝恐惧，心底涌出些许凉意，想要逃离这个地方。由于我那微不足道的身份，突然离开并不会引起别人的注意。因此我决定回到自己租住的小房间，等到第二天再来拜访约翰先生。如果那时候我能鼓足勇气，一定得向约翰先生打听一下这个奇怪的灰衣人。

但那都是之后的事情，现在的我只想赶紧逃离。还好一路并没有什么阻挠，我居然顺利地穿过了花丛，逃到了一片开阔的田野里。

我惊魂未定，四下打量一番，想要确认自己身处的地方。就在这时，恐惧的一幕发生了。那个灰衣人居然就站在我的身后，吓得我瞳（tóng）孔睁大，浑身发抖。

灰衣人看到我发现了他，立刻摘帽示意，并且像之前对约翰先生及其朋友那样，深深地弯下腰鞠躬。看来他应该是有什么话想对我说。

他的恭敬让我没法拒绝，毕竟我不是野蛮人，不能粗鲁地打断他。于是我也摘下帽子，向他示意。

阳光之下，我就这么呆呆地站在那里，前所未有的恐惧感让我好像一只被毒蛇死死盯住的可怜小鸟，不敢有任何动作。

可灰衣人似乎没有意识到我的感觉，他都没有抬起头，只是机械地重复着鞠躬的动作，并且不断地向我靠近。

在距离我很近的地方，灰衣人张嘴说话了，语气却好像最卑微的乞丐那样："看在上帝的分儿上，请原谅我的冒昧。毕竟我们是第一次见面，但如果您能允许我一个小小的请求……"

然而没等他说完，我便用嘶哑的声音打断了他："哦，我的上帝，您是如此的神通广大，我能为您做什么啊？"

话音未落，我就被自己的突兀吓傻了，好像这句话并不受我的控制。而灰衣人的脸也是迅速变红，瞬间止住了自己本想说出来的话。

沉默良久，灰衣人还是捡起了刚才的话头："和您短暂的相处是我的荣幸。亲爱的先生，请允许我用最崇高的敬意来赞美您脚下的影子。天哪，它是如此的美丽，阳光让它如此优雅，以至于我总是忘记您才是它的主人。请您原谅我冒昧的请求，我在想……呃……是的，我在想您是否可以将这个美丽无比的影子卖给我？"

说完这个请求，灰衣人闭上了嘴，目光切切地看着我，希冀从我的嘴里听到让他满意的话语。

可我的脑子此刻却在疯狂地转动。我感觉他一定是疯了，怎么会提出如此奇怪的要求，影子怎么可能卖给别人？

但想到他的神通广大，我还是耐着性子尽量让自己的语气变得与他一样谦逊："嘿，我的朋友，您自己不也有影子吗，这样还不够吗？

从来没听说过影子还能买卖的!"

听了我的回答,灰衣人显得有些急躁:"先生,请您不要这么说,我知道您的影子很珍贵,为此我将不惜一切代价。看看我的口袋,刚才您也看到了,我的口袋里有很多有价值的东西,让我用这个跟您交换怎样?"

他不说这个还好,说起他的口袋,我的汗毛都立起来了。恐怖的记忆再次涌上心头,我不明白他怎么敢若无其事地将自己的秘密说出来,也不知道他会不会因为我接下来的拒绝而显示出更加骇人的手段,因此我努力克制自己,尽量让自己显得平静:"不过尊贵的先生,请原谅我的无知,我真的不明白您到底想要什么,影子这东西怎么可能给……"

灰衣人再次打断了我,他说:"您只要允许我收集和保存这个美丽的影子就行了,至于怎么收集和保存,那是我的事情,您不用知道。您只要知道,一旦您允许我得到您的影子,那么我口袋里的所有东西,包括带有魔法的金币、吸血鬼的权杖、镶嵌着金丝的桌布、独一无二的魔法人偶,等等,都可以给您。但我更喜欢您考虑一下这个——一顶幸运之神加持过的魔法帽,嗯唔,这个幸运之神的钱袋也不错哦。"

"幸运之神的钱袋!"欲望战胜了恐惧,对于金钱的渴望让我忘记了一切,忍不住脱口而出,我渴望得到那个代表财富的袋子。

话音未落,强烈的眩晕感让我一阵恍惚,眼前更是闪烁着金币的光芒。

"好的先生,如您所愿,请收下这个钱袋,它会满足您的愿望。"灰衣人把手伸进口袋,掏出一个不大不小的钱袋。钱袋做工考究,针眼密集,上面还缝着两条结实的皮革带子。

我赶忙抢过钱袋,迫不及待地掏出一把金币。我数了数,刚好十枚。

再把手伸进袋子里，又掏出一把金币，也是十枚，我不敢相信这是真的，于是再次机械地重复刚才的动作，掏出了十枚、十枚、十枚又十枚的金币。

"成交，钱袋归我，影子是你的了。"我紧紧地攥着袋子，急促地说道。

灰衣人优雅地跟我握了握手，然后跪了下来，手法娴熟地在草地上收集我的影子。他动作很快，但特别细致，不放过边边角角。等到全部收集完成，灰衣人又小心翼翼地把我的影子卷了起来，放进他的口袋里。

在这之后，灰衣人站了起来，再次向我鞠躬示意，然后头也不回地向小山走去。

我能清晰地听到他在偷笑，但这已经不是我的理智能够管辖的范围了，因为我的所有心思都被幸运之神的钱袋所吸引。就这样，我捧着钱袋，像个傻子一样，在光天化日之下迷迷糊糊，失去了所有知觉。

二
堆积如山的金子

不知过了多久，我才恢复了知觉。而我醒来的第一反应，便是逃离这个地方，并且发誓以后再也不要回到这里。

还好沉甸甸的金币让我略微安定下来。但我觉得还不够，于是又不停地从钱袋里拿出金币，直到装满了自己的衣袋。在这之后，我把钱袋死死地系在脖子上，然后把它掖（yē）在上衣口袋里，靠近心脏的位置。因为只有这样做，才能让我感觉到发生的一切是真实的。

实际上当我离开田野，来到城里，走在大街上，仍然心事重重，不知道自己的选择是对是错。就在这时，身后有位老人叫住了我："喂！年轻的先生，可怜的孩子，您没注意到自己的影子丢了吗？"

"老奶奶，谢谢您的提醒。"我随手扔给她一枚金币，既是感谢她的好意，也是想要摆脱她的纠缠。

可是，当我走到门口，却听到卫兵在那里嘀嘀咕咕："没有影子的倒霉蛋儿。"而旁边几个聊天的夫人干脆叫了起来："可怜的家伙，他把自己的影子给弄丢了。"

这样的遭遇让我开始感觉到不舒服。我只能刻意避免走在阳光之下。但这基本不可能完全做到。比方说当我不得不穿越一条宽阔的街道时，可能是我运气用光了，居然碰到了一群放学回家的顽童。其中

堆积如山的金子

一个有点驼背的孩子发现了我的秘密，这仿佛点燃了他的热情，因为他叫嚣（xiāo）着将这个秘密告诉了所有孩子。这些该死的顽童立刻围住了我，向我身上扔泥巴，并且兴奋地大喊大叫："正经人，有影子，走大道，不正经，没影鬼，走邪道。"

我不敢跟他们对峙（zhì），只能扔出一把金币，然后胡乱地钻进一辆马车。马车里，我抱头痛哭，终于意识到原来影子是这么的重要。本来，我以为大家看重的是金钱，为了得到财富，大家甚至可以舍弃尊严与道德。但现在我仅仅是卖掉了自己的影子去换取财富，居然就要受到如此的羞辱。难道影子的价值超过了金钱？可是，我已经失去了影子，又该怎么办呢？

种种想法一下涌进我的脑子，让我失去了思考的能力。直到马车停在了我租住的酒店，我都还没有冷静下来。不过，之前租的那个小房间让我感到不适。我叫人把行李搬进马车，然后轻蔑地扔下几枚硬币，吩咐车夫把我带到城里最豪华的饭店。

这家饭店很让我满意，因为它是朝北的，背对着太阳。于是我把车费交给车夫，然后走进饭店租了几间面朝大街的房间，之后把自己关了起来。

你能想象我当时做了什么吗？我亲爱的沙米索[1]，即便你距离我相当遥远，看不到我的脸，但我还是想让你知道羞愧让我红了脸。因为我居然像一个贪婪鬼一样，一次又一次地从钱袋里掏出金币。

实际上，它对于我已经不能算幸运的钱袋，更应该叫作不幸的钱袋。就是这个该死的东西，让我胸中燃起了怒火。为了缓解心中的愤懑，我发了疯似的从里面掏出金币。

一枚……两枚……十枚……一百枚……我任由这些金币掉落在地

---

[1] 沙米索，指本书作者。

板上，顺着地板的缝隙咕噜咕噜乱转，发出一声声清脆的声响。

没了动静我就再从钱袋里掏出金币，然后重复之前的动作。金币散发的光芒让整个房间显得富丽堂皇，可我却没有心思欣赏，只是瘫在床上。

不久之后，困意击败了我，我进入了梦乡。梦里我见到了你，我亲爱的朋友，你好像坐在你的办公桌前，旁边是一具骨骼标本和一些晒干了的植物。我甚至能看到你桌子上摆着的哈勒[1]、洪堡[2]以及林耐[3]的著作。在你的沙发上，还有一本《浮士德》和一本《魔戒》。

我贪婪地看着你房间里的一切，不想放过任何细节。最后，我才把目光转移到你的身上。可你一动不动，连轻微的呼吸动作都没有，好像是死了一样。

就是那一刻，我被吓醒。想看一看时间，却发现表早就停了，于是我伸头看了看房外，发现天色尚早。

我从床上坐起来，感觉又饿又渴。这才发现自己从昨天到现在就没吃过一丁点儿的东西。而房间里除了干巴巴的金币，没有任何能让我填饱肚子的食物。我有些厌倦了，随意地拨弄着前一天还视若珍宝的金币，不知道接下来该怎么办。

总不能把这些金币像垃圾一样摆满房间吧。因此我决定把它们塞回钱袋。可是钱袋似乎只能掏出金币，不能装回金币。没办法，我只

---

[1] 哈勒：全名阿尔布雷希特·冯·哈勒（1708—1777年），瑞士医生、生理学家，被称为"近代生理学之父"。他进行了人体神经系统和肌肉的研究，为神经病学的发展奠定了基础。他撰写的《人体生理学原理》，被认为是医学史上的里程碑。

[2] 洪堡：全名亚历山大·冯·洪堡（1769—1859年），德国自然科学家、探险家，近代地理学奠基人之一。曾在南美洲进行了为期5年的科学考察，并穿越整个俄罗斯，直达中国边境。三次登上维苏威火山，套着潜水钟潜入泰晤士河底。他的科学成就推动了近代自然科学的发展，被誉为伟大的研究者和发现者。

[3] 林耐：全名卡尔·林耐（1707—1778年），瑞典博物学家，潜心研究动植物分类学。

能留下几把金币，然后呼哧呼哧地把剩下的金币塞进一个大衣柜。

可说起来简单，等我做完这一切的时候，汗水早已浸透了衣服，我连站起来的力气都没有，只能筋疲力尽地躺在一张椅子上。

过了好一会儿，饭店里有了声响，那是干活的人来了。我赶紧叫人送来食物，并且叫来了饭店的经理。

我告诉经理我的需求，经理想了一下，为我推荐了一位名叫班德尔的仆人。班德尔一副伶俐的模样，瞬间讨得了我的欢心。然而我并不知道，这位忠实的仆人会一直陪伴着我，在我苦难的日子里给予我安慰，帮助我度过了悲惨的命运。当然这是后话了，现在暂且不提。

总之，我总是窝在房间里，终日跟没有工作的流浪汉、满手油垢的补鞋匠、穿着补丁衣服的裁缝以及送菜的小贩厮混。反正我也不用工作，柜子里有大把的金币。

其实为了让那些金币变得少一些，我特意买了一些昂贵的衣服与珠宝。可是堆积如山的金子一点都不见少，反倒给我带来巨大的压力。

我害怕极了，心里总是萦（yíng）绕着挥之不去的恐惧感。甚至每天晚上要点燃40支蜡烛，把房间里照得没有任何死角，这样才觉得安心。

是的，当初顽童朝我扔泥巴的场面彻底吓坏了我，每每想起，总是止不住地颤抖。

可窝在房间里也不是办法，不管有多难，总要出门见人。我想来想去，终于还是鼓足了勇气，决定出门听一听大家的意见。

在一个皓月当空的日子，我把自己藏在一件宽大的外套里，并且拉低了帽檐，好像认罪的犯人一般，哆哆嗦嗦地溜出了饭店。

我不敢在饭店附近与人聊天，跑到了一个很远的广场，才解除自己的伪装，跟广场上的人聊起我的遭遇。

我亲爱的朋友，你不知道我有多么的煎熬。即便我只是向你复述当时的情况，也足以让我陷入深深的痛苦。

诚然，广场上总有些热心肠的大姐，她们非常同情我。只是那些叽叽喳喳却说不到重点的话语听起来非常刺耳。在我听来，跟侮辱与谩骂并没有多大的区别。

我变得更加敏感了，特别是看到广场上的那些胖子的时候。因为他们肥硕的影子深深地伤害了我的心灵。

还有一次，我看到一位美丽而又优雅的年轻女子。当时她正在挽着父母散步，所以眼睛总是谨慎地观察着脚下。就这样，她发现了我的秘密。

显然，她大吃一惊。因为我清晰地看到她放下了面纱，把自己美丽的面孔藏在里面，然后低头不语，挽着父母快速地从我身边逃走。

那一刻，委屈打湿了我的眼眶。不受约束的泪珠摔在地上，碎成了一条小河。我的心仿佛被撕扯成碎片。回想着女子的动作与退缩，我竟失去了全身的力气，只能靠在墙上，过了很久很久才缓过来。

等我把自己挪回饭店的时候，天色已经很晚了。可我心里很乱，整晚都没有睡着。决定等到天亮就打发仆人去找那个该死的灰衣人。

或许我很幸运，可以顺利地找到他。或许我特别幸运，他刚好和我一样后悔曾经的交易。如果真的可以那样的话，那我才是被幸运之神眷顾的孩子。

打定主意，我便叫来了班德尔。班德尔一如既往，看起来聪明伶俐，应该能胜任这个任务。不过，我还是一而再、再而三地跟班德尔描述灰衣人的样子，生怕他找错了人，耽误了我一生的幸福。

总之，时间也好、地点也罢，甚至当时见过的所有人，只要还能回想起来的，我都一股脑儿地告诉了班德尔，并且嘱咐班德尔一定要特别注意望远镜、镶着金线的土耳其地毯、十尺宽二十尺长的帐篷以

及三匹黑色的高头大马。

班德尔听得一头雾水，可我不知道该怎么向他描述这一切之间的联系，我只能告诉他就是这些该死的东西毁了我平静的生活，让我充满了不幸。

接着，我搬来了一大袋子的金币。同时又顺手拿来了许多珠宝，与金币一并交给了班德尔。

"这些身外之物可以助你一臂之力，也能在你遇到困难的时候帮你解决大部分的问题。请你记住，不要像我当初那样吝啬财物，你的任务就是帮助你的主人实现他仅有的愿望。亲爱的班德尔，希望你能带来好消息。"

班德尔听话地出了门，很晚才回来。只是他回来的时候低着头。班德尔很沮丧，他卖力地拜访了约翰先生和他的朋友，甚至和所有仆人都进行了交谈。可是没人记得曾经有这么一个灰衣人。望远镜倒是有，就摆在原来的位置，只是没有人记得它是怎么来的。地毯也在原来的位置，上面也有一个尺寸配套的帐篷，但是仆人们都说这是约翰先生买的。而约翰先生的财力也足以买得到这些豪华的东西。实际上，约翰先生很大方，他从不记得自己买过什么东西，也不会关心那些贵重物品的具体来源。至于黑色的高头大马，约翰先生随手就送给了当天在场的年轻人，并且任由他们领回自己的马厩。

虽然班德尔没有带来我想要的结果，但是从他描述的种种细节里，我感受到了他发自内心的认真与热情。

但这并没有给我带来好心情，我敷衍地夸奖了他，然后挥了挥手，示意他离开，让我自己静一静。

就在班德尔出门之际，他好像想起了什么，赶忙对我说："先生，我想到一件事情。今早我出门干活儿的时候，在门口遇到了一个人，

他让我给您捎个口信，说'请告诉彼得·施勒米尔，他将有一段时间见不到我了。因为我即将远航，港口上的风会把我带到想要去的地方，不过在一年零一天之后，我将屈尊拜访他，为他提供另一笔买卖。那是一笔他拒绝不了的买卖。好了，请帮我转达最诚挚的谢意以及最谦卑的问候'。"

"先生，我问过他的名字，但他说只要把这段话转述给您，您就自然知道他是谁了。"

"这个人长的什么模样？"我感觉自己即将得到想要的答案，不禁脱口而出。

于是班德尔仔细地回想了一下，然后为我描述了那个人的模样。

而我听完他的描述，挥舞着双手大喊："我要找的就是这个人啊！你说的这个人，正是我要你去找的人啊！"

班德尔愣在原地，嘴唇发抖，牙齿磕磕碰碰才把到了嘴边的话挤出来："啊？啊！是他！原来是他，我这个蠢蛋，竟然没有想到就是他，主人啊，我太傻了，辜负了您的期望。"

班德尔非常自责，他痛哭流涕，以至于到最后我都于心不忍了。我安慰班德尔，向他保证不会因此质疑他的忠诚。

同时，我吩咐班德尔立刻赶往港口，看看能不能截住灰衣人。只是就在这天上午，那些因为逆风而暂时停靠在港口的船全离开了。灰衣人自然也消失得无影无踪，一如我失去的影子一般。

三
失去影子之后

身负枷锁，纵有双翅又能怎么样呢？还不是一样摆脱不了无尽的绝望。

我感觉自己就好像北欧神话里的巨龙法夫纳[1]那样，终日只能与冰冷的金币做伴，没有朋友的安慰，甚至远离人间的烟火。

但我与法夫纳还不一样，法夫纳喜欢金币，而我现在却痛恨金币。每天，我都用最恶毒的语言诅咒它们，因为这些该死的东西让我成了异类。

这成了我隐藏在心底的秘密，我不敢告诉任何人，即便是我最忠实的仆人，我也不敢和他讲述我的故事。事实上，我很羡慕我的仆人，他的影子在阳光之下是如此的显眼，而我，却只能日日夜夜躲在房间里黯然神伤，任由悲伤与痛苦吞噬（shì）我的心脏。

还好悲伤的不只有我自己，还有一个人陷入了深深的自责——我忠实的仆人，亲爱的班德尔一直在偷偷地折磨自己，因为他觉得自己辜负了主人的期望。这个可怜的家伙，居然以为我的不幸跟他的失职有直接联系。

其实我根本不在意这些，我的脑子里全是那个该死的、夺走我影

---

[1] 法夫纳：北欧神话中的一名侏儒，之后化身为龙，后来被英雄齐格鲁特用再铸后的神剑杀死。

子的灰衣人。

当我憋不住的时候,也会打发班德尔去邀请城里的名人,比方说一位颇负盛名的画家。他们很容易邀请,只需一枚精致且价值不菲的戒指足矣。当然除了这个小东西,我还准备了名贵的葡萄酒。

果不其然,画家如约而至。我便吩咐仆人们出去,并且要求他们把门带上。在确认房间里只有我和画家两个人之后,我还是觉得不放心,用尽自己能想到的所有词汇恭维画家的作品,等到他笑容满面的时候,我请求他发誓为我保守秘密,然后才痛苦地向他道出了发生在我身上的故事。

"尊贵的大师,"我尽量让自己保持平静,"如果一个人正在遭受这世间最苦最难的不幸,比方说他弄丢了自己的影子,以您杰出的手法,能不能为他画一个影子?"

"先生,您是说为一个活生生的人画影子吗?"

"是的,大师,如您听到的那样。"

而画家居然笑了:"人怎么可能把影子弄丢呢?"

我就知道画家会这么问,为了回答他的问题,我早就恬(tián)不知耻地决定撒个谎:"这是一个很巧合的事情,其实丢影子的人已经很小心了。不过当他在遥远的俄国旅行的时候,那该死的极北之地实在是太冷了,把他的影子牢牢地冻在了地上,而那个可怜的人就这样失去了他的影子。"

"哈,那我可以为他画一个以假乱真的影子。这不是什么难事。"画家难掩笑意:"但这个影子也会被'冻'在地上,但凡他走动一步,假影子就会离开他。其实先生,恕我直言,如果一个人连自出生之日就陪伴自己的影子都保不住的话,那么他的归宿就只有无尽的黑暗,而阳光一定会是他的极刑。"

说这话的时候，画家收起了笑意，眼神好像尖刀一样狠狠地剜了我一下，然后自顾自地走了。而我则双手捂脸，瘫倒在椅背上。

不明所以的班德尔走进房间，他一眼就看到了我的丑态，下意识地想要回避，为我保留一些体面。不过这个时候的我早已管不了那些虚无缥缈的东西了。我需要有这么一个人为我分担痛苦。

"班德尔，班德尔！我亲爱的班德尔！"我冲着他大喊大叫："只有你，我亲爱的朋友，你早就看到了我痛苦的样子，也知道我经历的事情，但你却没有讥笑我，也没有指责我。你想的只有为我分担痛苦。我亲爱的班德尔，请你靠我近一些，我需要你做我最知心的朋友。你知道的，我从来没有向你隐藏过自己的财富。那么现在，我决定不再跟你隐藏我的痛苦。班德尔，或许你知道之后会离我而……不，我相信你不会的，班德尔，你相信吗？富有且慷慨甚至还带着善良的我，居然……唉，看在上帝的分儿上……全世界的人都在摒弃我，因为我和大家不一样，我没有……我没有影子……"

"您没有……您没有影子！"这个俊朗的小伙子竟然面露狰狞，泪水好似喷泉一样迸溅出来："啊？啊！我的主人居然弄丢了他的影子！"

我没想到班德尔也会表现出这样的态度，我哆哆嗦嗦地捂住脸，并且请求他不要再说了。

班德尔如我所愿，紧闭双唇。我俩相对无言，沉默在黑暗之中。

良久，我才鼓起了勇气，颤抖着嘴唇对他说道："班德尔，我信任你，把自己最大的秘密告诉了你，那么现在该你了，你会为我保守秘密吗？或者你和其他人一样，视我为洪水猛兽，躲之不及，避之不及？"

班德尔吃了一惊，他似乎从来没有考虑过这个问题。而我说的话却让他陷入了内心的挣扎。好在最后，我欣喜地看着班德尔跪在我的面前，匍匐着想去吻我的靴子，并且紧紧握住我的手，带着哭腔说道：

"不，我不会那样做的。我的主人，我不能离您而去。您只是失去了影子而已，如果可以，如果我能做到，我会毫不犹豫地为您献出我的影子，然而现在不可以，我没有那种该死的能力。现在的我，只能和您一起哭泣。"

我把他搀扶起来，紧紧地抱住他，用身体接触来判断班德尔说的话是肺腑之言还是因为金币的诱惑。当我确信是前者的时候，我知道命运的齿轮开始转动了。我接下来的人生与生活即将发生巨大的变化。

很难形容班德尔的聪明伶俐，我只能说有他在的地方，一切就变得非常简单。他总是站在离我不远的地方，预判着我的需要，提前为我做好准备。比方说当什么不经意的威胁突然降临到我面前的时候，班德尔会迅速地挡在我面前。因为他高高大大，可以用他的影子把我裹起来。

所以只要班德尔在我身边，我就有勇气出现在人们面前，并且告诉自己："我和大家都一样。"

不过就算如此，我依然性情乖张、烦躁无比。还好，我住的地方是富人扎堆的地方。富人嘛，总有这样或者那样的怪癖。所以我的秘密被隐藏得很好，并且拥有了与金币相对等的荣誉和声望。现在的我，终于平静地面对了现实，只希冀时间过得快些，早点儿见到那个该死的灰衣人。

本来，我的秘密让我不适合长期待在一个地方。一旦有人察觉了我的秘密，那么我可能又会遭到猛烈的攻击。可是我总是不由自主地想要去一个地方，那就是约翰先生的房子。虽然那里有着我一生当中最惨痛的记忆，但我控制不住自己——或许我可以回到那里，跟他继续富翁的话题，毕竟现在的我已经有了数不清的金币了。

当我的内心充满了煎熬的时候，我在某一个地方偶遇了美丽的梵

妮小姐。这位优雅的女士早就忘记了自己见过曾经的我，反倒对现在的我表示出了暧昧。而财富让我充满了底气，那些曾经高不可攀的人在我眼中也不过尔尔。我也有勇气与梵妮调笑了。实际上，我正使出浑身解数，追求这个曾经连话都不敢和她说的女人。

梵妮小姐很喜欢我的幽默，她说和我在一起的时候很轻松。那是自然，我很享受征服梵妮小姐的过程，因此与梵妮小姐其他的追求者相比，我更加耐心且更加谦逊。

哦，我亲爱的沙米索。请你原谅我的喋喋不休。这些琐碎的日常生活是不是让您感觉到厌烦。但请您允许我继续说下去。因为我与梵妮小姐的爱情，将是接下来一系列奇怪事件的导火索。

那是一个美妙的夜晚，我一如往常那样选了一个漂亮花园招待朋友。酒过三巡，我向美丽的梵妮小姐提出邀请，想要与她独处。梵妮小姐羞红了脸，但仍然优雅地将手递给了我，任由我握住，牵引着她徜徉在花园里的小道上。

就在这时，皓月拨开了云雾，将明亮的月光砸在了我们身上。而梵妮小姐刚好低着头，于是她看到了我最不想让她看到的事情——地上竟然只有一个影子。她惊讶地看了看我，又惊讶地看了看地面，好像在确认我是不是在恶作剧，吓一吓自己。但当她发现一切是真实发生的，我的确没有影子的时候，她的脸变得扭曲，恐惧让她失去了血色，直愣愣地跌倒在地上。

而我，并没有表现出一贯的绅士风度。我所做的，是像离弦的箭一样从围观人群中蹿了出去。那一刻，我只想赶紧逃离，去找忠实的班德尔。天哪，我是如此的愚蠢，居然没有带着聪明的班德尔出门，如果有他跟在我身边，就不会发生这样的事情。

班德尔看到我的时候，也非常惊讶，因为现在的我很少露出如此惊慌的样子。等我向他说明情况之后,他麻利地雇好了马车,让我出去躲一阵子。

我走得很匆忙,只带了一个名叫拉斯卡[1]的仆人,这个小瘪三有一些头脑,帮我解决了不少麻烦。而班德尔则留下为我处理房子,以及收拾金银细软,并且拿钱给一些相关的人,让他们不要乱嚼舌根。等他处理完这些事情追上我们的时候,已经是第二天了。

当看到班德尔的时候,我死死地抓住他,把头掩进他的胸膛,向他发誓自己以后再也不做蠢事了。从今以后,我会更加小心谨慎。班德尔一边安慰我,一边指挥马车翻山越岭。

直到我们越过了整个国家,我才感觉到些许安心,决定让班德尔为我寻找一个没有什么客人的温泉,让自己疲惫不堪的身体彻底放松一下。

---

[1] 拉斯卡:原文 Raskal,有无赖、坏蛋、淘气鬼、欺骗者的意思。

我相信，每个人的一生当中肯定都有那么一段不堪回首的往事。而我们也总是习惯性地强迫自己把这些往事藏在内心深处，让那段鲜活的记忆随着时间的流逝而失去华彩。可这样做的结果是当我们想要回忆那段生活的时候，却记不得详尽的细节。

现在的我就是这样。我本以为自己只需像摩西[1]那样，不停地击打何烈[2]的磐（pán）石，便能得到源源不断的泉水[3]。可我是上帝遗弃的孩子，命运让我成了一个躲在温泉里的可怜虫。我没有很好地珍惜人生这个舞台，好像一个小丑一样笨拙，并且在一位美丽女子的面前丑态百出。

我说的就是你，米娜，我的挚爱。那时与你分开，我是有多么的不甘。而如今，我却记不清和你在一起的点点滴滴。难道我已经成为一个老糊涂了吗？

哦，我的上帝，请你至少把米娜留给我，我只求仁慈的你让我再

---

[1] 摩西：在《圣经·旧约·出埃及记》中，摩西受上帝之命率领被奴役的以色列人逃离古埃及，前往富饶之地迦南。

[2] 何烈：《圣经·旧约》中的山名，据说此山是上帝颁布律法之地，因此又称上帝之山。

[3] 这里指的是《圣经·旧约·出埃及记》第17章第6节：我必在何烈的磐石那里站在你面前，你要击打磐石，从磐石里必有水流出来，使百姓可以喝。

四 大人物

一次体会那份触及心灵的悸动。要知道这是我在无边无尽的苦海当中唯一的慰藉了，请不要残忍地剥离这段回忆。

我记得那是我刚刚躲到温泉的时候，聪明的班德尔带着我给的几袋金子打点好了一切。他为我找到了一个符合要求的住处，并且四处分发金币，只为向周围的人展示自己主人的慷慨。在他的口中，我的真名不被提及，大家都以为我是一位来自外国的贵族。而这样的做法非常聪明，当地人以为来了一位大人物，展现出了难得一见的殷勤。

那是一个阳光明媚的日子，我的马车距离目的地还有一个小时的路程。一大群浓妆艳抹的人拦住了我们。他们为我奏起了音乐，甚至点燃了礼炮，还准备了一群穿着洁白礼服的年轻女孩。

诚然，这群女孩个个光鲜亮丽，可其中只有一位让我根本挪不开视线。她就好像黎明时的朝阳一样，只要出现，就使其他星星的光芒变得黯淡了。

我从很远的地方就注意到了她，她面容姣好，皮肤水嫩，步伐轻盈，害羞的样子让人着迷。我一时间竟失了神，浑然不觉她已经跪在了地上，在丝绸垫子上轻轻放下了一顶由月桂、橄榄和玫瑰编织而成的花冠。我也没有注意到她口中说的那些敬语，只是觉得她银铃般的嗓音让我满心陶醉。

可就在我沉浸在这份美好中的时候，人群中响起了合唱，大家歌颂起贵族的仁慈以及生活的幸福。

我亲爱的朋友，你能想象那个画面吗？如果是别人，一定会欣喜地接受这一切。谁会忍心让一个美丽的女子跪在地上呢？可是我却只能忍住冲动，因为我是一个没有影子的人，我与这位美丽的天使之间横亘着巨大的沟壑。天哪，我怎么会舍弃自己的影子，让自己满怀屈辱、充满绝望地藏在马车里！

体贴的班德尔下意识地站了出来，他想为我解围。不过我叫住了他，从随身携带的手提箱里取出一个价值不菲的钻石头饰。这本来是我为美丽的梵妮小姐准备的礼物。不过，现在它应该有更为恰当的用处。

班德尔总能在第一时间明白我的意思。他骄傲地走到马车之前，以我的名义感谢大家的热情。只是贵族的谦虚品格让我不能欣然接受这种规格的欢迎。说话间，班德尔一面将那个闪耀着光芒的钻石头饰放在丝绸垫子上，一面请求神官、长官以及权贵们自行离开，不要在这里逗留，同时挥舞着手臂，指挥大家为马车让出一条道路。

在班德尔的努力下，我们的马车才得以继续前行。只是礼炮还在不断地拉响，一直伴随着我们到达满是绿树与鲜花的拱门时才停止。那是班德尔为我寻找的住处，也是我的庇护所。我打发仆人为我开道，然后急切地迈过门槛。让我感到奇怪的是，热情的民众并没有因为我进入房间而散去，他们竟然在我的窗前欢呼雀跃，他们高举的火把甚至将整条道路映照得灯火通明。

这一切把我彻底弄蒙了。我不明白自己怎么会成为如此受欢迎的大人物，便打发拉斯卡去打探消息。在这方面，拉斯卡是好手，他很快就搞来了消息。原来这里的人们听说普鲁士王国的某个伯爵正在全国各地旅行，而他的行进路线里正好经过这个地方。巧合的是，我的仆人班德尔前几天到这里来为我安排住所，他出手阔绰，又不肯透露自己主人的名字，所以大家猜测我就是那位传说中的伯爵。

这完全是一个美丽的错误，但是我不敢在众人面前现身澄清，而且这种能够带来优越体验的错误对我来说倒也不错。于是我决定"宽宏大量"地原谅大家的错误，"心安理得"地接受大家的好意。

狡猾的拉斯卡深谙各种骗人的小把戏。在我的默许之下，他施展各种擅长的手段，进一步加深了大家的误解。而每一次的小把戏，他

四 大人物

都会毫无保留地说给我听。我不得不承认，拉斯卡勾起了我内心里的邪恶——是的，他的把戏让我感到很有趣，而且我也很希望自己真的成为一个受人爱戴的大人物。

我决定在第二天晚上就举办一场盛大的宴会。宴会地点定在房子前面的大树下，参与的宾客将是全城的人。这听起来是一个仓促的决定，但是我有神秘的幸运钱袋、能干的班德尔以及狡猾的拉斯卡给予帮助。于是在短短的几个小时之内，我便筹划好一场既丰盛又精致的宴会。这的确是件值得惊讶的事情，不过我更在意我的安全。感谢我的仆人，是他精心地安排好了宴会的灯光，让我这个没有影子的人能够在正常人之间自由地穿梭。

夜幕降临，客人们纷至沓来。他们与我行礼致意。虽然他们的言语间不再提及"陛下""贵族"等字眼，但我依然能够感受到强烈的谄媚与顺从。每个人都尊称我为伯爵先生，而我既没有否认也没有承认。事实上，我很享受伯爵这个称谓。

当然了，熙熙攘攘的宾客之中，只有一位能让我的灵魂颤动。她来得很晚，戴着一顶美丽的桂冠，娇俏地跟在父母身后，一点儿都没有觉察到我举办这场宴会其实是为了她。

通过仆人们的介绍，我终于知道了这一家子的户主是当地的治安官。按理来说，我应该向长官表达自己的敬意。可是他的女儿就在这里，像一个女神一样把我的全部心神都吸引住了。我就好像一个虔诚的信徒，因为降临在自己面前的神迹而震惊得哑口无言。

不过，我还是鼓起了勇气邀请我的女神做我的宴会同伴。我想要成为护花使者。女孩儿害羞地低下了头，她竟然比我还紧张，先是用眼角瞥我，然后用细微的声音答应了我的请求。

我兴奋极了，示意仆人们赶紧开始宴会。仆人们得到了命令，赶

紧端来了美食与美酒。所有人都很高兴，米娜的父母以为我对米娜的厚爱是出于对他们的尊敬，而我则陷入了一种迷醉的状态，把之前为了消耗金币而购买的宝石与首饰装进两个巨大的盒子，然后吩咐仆人分给参加宴会的女客。同时，我还命令仆人不间断地把金币扔向人堆，任由围观宴会的人随意拾取。

所有人都很开心，除了忠实的班德尔。因为他在第二天偷偷告诉我，拉斯卡这个小偷昨天居然偷了满满几大袋子的金币。原来班德尔早就怀疑拉斯卡的人品，一直在默默地监视他。如今抓到了拉斯卡的罪证，自然要来我这里检举这个无赖。

可他没想到的是，我竟然不以为意："一个小小的蟊（máo）贼而已，就当作施舍吧。我亲爱的班德尔，给拉斯卡一点儿金币又能怎么样呢？反正我有那么多的金币，我甚至都把那些黄色的小东西扔给过路的人，让他们也感受到宴会的快乐。那么拉斯卡偷的那几袋金币又算得了什么呢？"

班德尔没有再说什么。我仍继续让拉斯卡做我的仆人，不过对于班德尔的忠诚，我愈加视其为朋友和知己。而班德尔也习惯了我那些莫名而来、取之不尽的金币，他从不过问金币的来历，只是善解人意地帮我挥霍它们，因为从我苍白的面孔上，班德尔感觉到这些金币可能是一种诅咒。他希望尽他所能，帮我摆脱它们。

而我，正满心期待地等待灰衣人。他是我恢复正常的唯一希望。不过我已经放弃了寻找他，到了该见面的那一天，他一定会自己前来见我。不过我又十分害怕与其见面，不知道到时他又有什么阴谋诡计。

奢华的宴会以及我在宴会上的慷慨做派使这里的人进一步加深了先入为主的想法。他们确信我就是一名贵族。虽然不久之后报纸上也出现了令人疑惑的报道，称普鲁士的伯爵并没有经过此地的打算。但是我作为受人尊敬的贵族，依然被所有人暂时地尊重，人们盛赞我的事迹，猜测我可能在整个国家范围之内，都算得上最富有的人之一。

在这段时间里出现了一个小插曲。有一位商人来到我居住的这个温泉，他有一笔投资，让他收获颇丰，于是想要炫耀一番。我看着他那肥硕的影子，气不打一处来，便处处与他针锋相对。实际上我只用了短短的时间，就把他逼到了破产的份儿上。这个可怜的商人只能灰溜溜地逃跑。望着他的背影，我竟然有些落寞。

为了打发时间，我用金币招揽了许多游手好闲的无赖。他们想要我慷慨的恩赐，而我则享受他们带来的乐子。只是这些乐子都是短暂的，稍纵即逝的，并不能缓解我内心的苦楚。

因为当太阳升起的时候，我还是只能和班德尔一起，躲在房间里。这种时候，班德尔会对所有人说："伯爵需要安静，他正在房间里工作。"而我只有在信使送信的时候才会把房门打开一条缝，接过信之后立刻把房门关上。

只有在晚上，我才敢接待客人，但那也得是在树下或者是在班德尔精心设计的房间里。

如果我必须出门，那时班德尔会像希腊神话里的阿尔戈斯[1]那样死死地为我审视周围的一切。是的，我必须出门，我必须去治安官的家里拜访，因为那里有我心中挚爱的女神。

哦，我亲爱的沙米索。我坚信你懂得爱情！所以我想让你知道，我的米娜是一个多么值得爱的女孩儿。她心地善良、信仰虔诚，并且害羞。她总是羞红着脸对我说："您太高贵了，我配不上您。"可她哪里知道，我已经深深被她吸引，我心中所有的爱意为她而生。她的

---

[1] 阿尔戈斯：全名阿尔戈斯·帕诺普特斯，希腊神话中的原始巨人之一。帕诺普特斯是阿尔戈斯的绰号，意思是"全视之人"，传说他有一百只眼睛，即便在睡觉的时候，也至少有一只眼睛是睁开的。因此，阿尔戈斯拥有从任何角度感知一切的能力。

青春活力犹如滴在火上的油，让我本应死去的心再次燃烧。

我也自信地认为，米娜是爱我的，她愿意为我牺牲一切、不计后果。只要我们俩能够在一起，任何可怕的将来都变得微不足道。

可事情又如此矛盾。米娜深深地爱着我，可我有可能在未来的某一天深深伤害她。每每念及此处，我只能靠浓烈的酒精麻醉自己。在别人看不到的角落，我终日以泪洗面，哭晕在班德尔的怀里。

这一切都源于那个该死的灰衣人，那个丑陋的恶魔，是他骗走了我的影子。归根结底，就是他在伤害我那美丽的天使。我诅咒那个恶棍，同时告诉自己应该对善良的米娜坦白，在她面前狠狠地扇自己耳光，然后干脆利索地逃走，不再伤害我的米娜。不过这些都是一时的想法，没过多久，我还是会像之前那样，计划着如何去治安官那里拜访。

就这样，我在矛盾的夹缝中苟延残喘。我总是期待灰衣人赶紧过来见我，可一旦回想起他的可怕，我又忍不住地哭泣。而那个"一年零一天"，也就是灰衣人将拜访我的日子，成了悬在我头上的断头刀。

米娜的父母心地善良，他们很爱自己唯一的女儿，所以当他们得知我与他们的女儿坠入爱河的时候，他们表现出了无比的惊讶。两位老人不知道该如何是好，他们可从来没想到伯爵会看上自己的女儿。而现在伯爵先生居然信誓旦旦地表达自己的爱意。更令他们意外的是，他们的女儿居然也爱上了伯爵。

米娜的母亲有些爱慕虚荣，她的第一反应是我和米娜应该举办一场空前绝后的婚礼，为此，她有些迫不及待，不停地在嘴里念叨婚礼的细节。不过米娜的父亲，那位混迹过官场的男人认为这是一种不切实际的幻想——伯爵怎么可能会娶自己的女儿，两人的阶级相差太大了。

可是，米娜对爱情的执着让他不得不把劝阻的话语吞到了肚子里。

(四) 大人物

老人叹了口气，只能选择为米娜祈祷。除此之外，他想不到任何办法。

我手里至今保存着米娜当时写给我的信。是的，米娜亲手写的信，它是我的至宝，而现在，我亲爱的沙米索，现在我把这封信转抄给你：

"我，米娜，是一个不大聪明的女孩儿，我也不大坚强，一生最大的愿望就是邂逅美好的爱情。现在我想我遇到了最爱的人，我相信他也爱我，不会让我受到一点儿伤害。哦，天哪，我怎么那么愚蠢，难道我现在是在向您提出什么请求吗？请您不要误解我，我不需要您做出什么承诺，我也不需要您为我做出什么牺牲。看在上帝的分儿上，请您怜悯我这个坠入爱河的可怜女孩儿，爱情让我盲目，可我仅有的理智告诉我一个伯爵不可能和治安官的女儿结婚。我怎么可以奢求拥有一个伯爵的眷恋，要知道伯爵的胸怀里揣着整个世界。我只是……我只是在听到任何关于您的消息时，都会不由自主地自豪。我喜欢听人们谈论您的事迹。是的，我跟其他人……哦不……我比任何人都要尊敬您。所以亲爱的伯爵大人，请原谅我竟然有些生气，您居然为了我这么一个不大聪明的女孩儿而忘记了自己高贵的身份。请您让我独自爱恋吧。我只希望自己可以拥有为您的帽子上编织橄榄枝与玫瑰花的荣幸。这样我就满足了，因为遇见您已经是我这辈子最大的幸福。如今，即便要我现在就为您而死，那我也心甘情愿。"

亲爱的沙米索，您能想象我看到这封信时的表情吗？我就好像被弓箭射穿了心脏。我迫不及待地找到米娜，用最深切的话语告诉她我跟大家想的不一样。是的，我的确很富有，但我却是一个不幸的人。这一切是我最大的秘密，因为我受到了某种诅咒。但是我的米娜，请您相信我，我有把握破除诅咒。

我向米娜一再保证只有她才是我的天选之人，并且发誓即便自己死后坠入地狱，也要和米娜一起坦然面对无尽的黑暗。因为米娜就是

我人生里最璀璨的光,是我唯一的幸福,也是我唯一的爱情。

米娜为我的表白而感动到落泪,她表示自己看不得我痛苦的模样。为了让我快乐起来,她可以不惜一切代价。

显然,米娜并没有理解我话里的意思。她那少女般的想象力正在为她勾勒一幅名为爱情的画卷。而画卷里的我,她的爱人,要么是一位落魄的王子,要么是一位被国王流放的贵族。

所以当我郑重地说"米娜,下个月的最后一天将是我决定命运的重要时刻"时,米娜哭着把头埋进我的胸口:"请您放心吧,无论您的命运如何,我对您的爱都至死不渝。"

"如果您的命运变好了,请您一定要告诉我,让我和您一起分享那份喜悦,这是我鼓足勇气才敢对您提出的要求;如果您的命运变糟了,也请您一定告诉我,让我和您一起承担这份不幸。"

"可爱的小傻瓜,请您不要轻易地做出这样的承诺。您不知道我身上的诅咒有多么的可怕。您甚至都不了解我,没看到我提到诅咒时浑身的颤抖。您也不知道我身上最大的秘密。"

而善良的米娜并不理会我说的话,只是一遍又一遍地承诺与我共同进退。

米娜的父亲注意到了米娜的哭泣,他走过来问我们俩之间发生了什么事情。我顺势对治安官,也就是米娜的父亲说,我打算在下个月的第一天向米娜求婚。虽然这期间可能会发生一些对于我的命运至关重要的事情,但这些都影响不了我对米娜的爱意。

这位老人在听到一个伯爵即将迎娶他的女儿时,吓了一大跳。他想要上前掐住我的脖子,可我伯爵的身份让他停止了动作。老人只能用提问来化解自己的疑问,他问了我很多实际的问题,比方说他需要准备多少嫁妆,我怎么保证他女儿的幸福以及婚后两人在哪里生活,等等。

我首先感谢了他把米娜带到了这个世界，然后用坚定的语气告诉他："我将在这个给予我最大敬意的地方定居，为此我将出钱买一个最好的农场。当然这必须要您的帮忙，因为只有您，这里的治安官，才能帮我花好每一分钱。"

这其实是我玩弄的一个小伎俩。我需要让治安官有些事做，这样才能转移他的注意力。这一切我做得得心应手，因为年少时我就是这么欺骗自己的妈妈的。

米娜的母亲就不像她的父亲那样，她没心思问这问那，只想着赶紧让女儿嫁给尊贵的伯爵，于是提议我留下来共进晚餐，这样正好可以商量米娜婚礼的事情。可我却决定争分夺秒地逃离，因为月亮已经从地平线上高高升起，再耗下去，他们可能会发现我的秘密。

可是，就在我向米娜求婚后的第二个晚上，虽然我把自己藏进了一个斗篷里，并且拉低了帽檐，但是当米娜注意到来人是我的时候，却极不自然地扫视了一下地面。天哪，她好像察觉到了我的秘密，她在确认我有没有影子。那一刻，我清晰地感到自己跌落到了一生当中的至暗时刻。还好米娜只是把头轻轻靠在我的怀里，然后默默地哭泣。

自那时起，米娜就总是哭泣，她的泪水让我黯然神伤，我们二人心照不宣地承受着痛苦，只有她的父母还沉浸在好事将近的喜悦中。

就这样，我一天一天地数着日子生活，等待着灰衣人的到来。那种感觉就好像看到了天边的乌云，深知即将来临狂风骤雨一样。可是，就在我认为自己可以破除黑暗走向光明的时候，也就是灰衣人应该出现的那一天，他却并没有出现。

我从早上等到晚上，眼睛时时刻刻都在盯着时钟，嘴里数秒的声

音越来越多，仿佛苍穹里的闪电，划破了世间的安静。然而直到夜里11点，那个灰衣人都还没有出现。接下来的一个小时，我整整数了三千六百秒，每一秒都充满了希冀，希冀自己可以带着影子，骄傲地走在阳光之下，与心爱的女子结婚。可是到了零点，时钟敲响十二下的时候，灰衣人也没有出现。这一切让我以泪洗面，直到黎明，我才哭累了，惴（zhuì）惴不安地走进了梦乡。

五
魔鬼灰衣人

天色尚早的时候，前厅的吵闹声吵醒了我，我刚想去查看一下是怎么回事，就听到班德尔在我房间门前与拉斯卡发生了争执——拉斯卡高声叫嚣着想要闯进我的房间，而忠实的班德尔则告诉他如果这么做的话他将失去现在的好差事。可拉斯卡根本不听劝，他恐吓班德尔，表示如果班德尔还敢阻挠自己，那么自己将狠狠地揍他一顿。

　　我都没有穿好衣服，就愤怒地打开房门，指责拉斯卡的粗鲁："你这个强盗，到底想要干什么？"

　　没想到拉斯卡却后退两步，然后用冰冷的语气说道："伯爵先生，这会儿在院子里就能晒到太阳，请您过来，让我看一看您的影子。一次就好。"

　　瞬间，我犹如遭到晴天霹雳，被拉斯卡的这个请求击蒙了。过了好一会儿，才用与平时截然不同的语气说道："你不过是个仆人，怎么敢让你的主人……"

　　拉斯卡根本就没等我说完便打断了我："仆人的确不敢让他的主人做事，但是仆人有权利选择主人，像那种没有影子的魔鬼，仆人有权利拒绝为他服务。"

　　一想到拉斯卡可能察觉到了我的秘密，我不得不改变语气："拉斯卡，我亲爱的拉斯卡，谁让你产生的这种想法，你怎么会认为自己的主人没有影子？"

拉斯卡却一点儿都没有理会我，自顾自地说道："外面的人都在说你没有影子，你应该证明自己的清白。来吧，要么让我看到你的影子，要么让我离开。"

一旁的班德尔面色苍白，其颤抖的身子证实他的情绪和我一样激动。不过班德尔比我好一些，他还有能力思考，他暗示我用金币来搞定眼前这个无赖。可事实上，此刻这么做完全是徒劳无功，我递给拉斯卡的金币被他无情地甩在了地上。

"连影子都没有的人，竟然还想赏赐我？"拉斯卡说完这句话，便转身离去。他的动作很慢，吹着口哨打量着我的房间，充满了挑衅的意味。不过班德尔和我都吓坏了，只能眼睁睁地看着他嚣张的做派，不敢有任何举动。

过了很久，我才想起今天还有重要的事情等着我去做。我得去见我的米娜，可惜这一次我没了往日的激情，有的只是沉重的罪恶感。

我来到以我名字命名的凉亭，米娜和她的父母正在那里等着我。她的母亲看起来一如既往地无忧无虑，成为伯爵的丈母娘这件事让她心满意足。米娜则安静地坐在那里，她娇俏的脸上没有一丝血色，好像冬天里压垮花朵的第一场雪一样。而米娜的父亲，那个能干的治安官，则夹着一张写满字的纸走来走去。我明显看到他步伐紊乱，其内心应该很不安。还有他的脸，往常都是波澜不惊的样子，如今却憋出了血红色。汗水顺着这位老人的脸庞滴下，掉在地上碎成了好几瓣。

治安官也看到了我，随即扔下米娜和她的妈妈，径直向我走来。他邀我一同走走，接着就把我带出了凉亭，来到了太阳能够直射的地方，然后晃了晃手里的纸，用一种试探的口吻问我：

"伯爵先生，您认不认识一个叫彼得·施勒米尔的人？"

"据说他拥有无尽的财富。"治安官盯着我，一字一顿地讲出了这几个字。

"您说的这个人就是我。"我能怎么办，只能向他坦白一切。

治安官再也无法抑制自己的情绪，直接蹦了起来："你没有影子！你有财富，但你没有影子！"

不远处的米娜也跟着惊呼："哦，我的上帝，我就知道，我一早知道，可我之前还不敢确定，但现在他承认了，他是个没有影子的人。"

说完这些话，米娜好像用尽了自己的力气，跌倒在她母亲怀里。她的母亲同样大惊失色，惊恐地看着米娜，嘴里不停地念叨为什么不早点告诉她。可怜的米娜，此时犹如希腊神话里的泉水女神阿瑞图萨[1]那样，任由泪水源源不断地从眼里流出。

我心疼极了，赶紧向米娜跑去。可我距离越近，米娜哭得越凶，眼泪甚至在地上打湿了一大片。

治安官更生气了，他愤怒地对我大吼："你真是恬不知耻，你已经欺骗了我的女儿，还打算蒙蔽她吗？看看她是如何哭泣的，你真是个恶棍！"

我也被这一切逼疯了，压抑许久的情绪在这一刻彻底爆发："不过是一个影子而已，为什么你们所有人都在指责我？至于如此大惊小怪吗？我仅仅是弄丢了影子而已。给我一点时间，我一定能把它找回来。"

---

[1] 阿瑞图萨：在希腊神话中，河神阿尔菲奥斯邂逅了西西里的泉水女神阿瑞图萨，阿尔菲奥斯的痴情感动了阿瑞图萨，两人坠入爱河，可是阿瑞图萨的主人阿尔忒弥斯却不欣赏浪漫的爱情，用一团云裹住了阿瑞图萨，把她送到了西西里附近的奥提伽岛，还将其化作了一股清泉。阿尔菲奥斯跳入波涛汹涌的大海，历尽千辛万苦找到了心爱的阿瑞图萨，这才摆脱了纷扰，永远地沐浴在爱情长河中。

五 魔鬼灰衣人

"找回来?"治安官被我气坏了,他质问我:"你是怎么把影子弄丢的?"

为了让他满意,我不得不再次撒一个谎:"前段时间,有个粗鲁的人笨手笨脚地踩到了我的影子,把我的影子弄出了一个大洞。我实在没办法,只能把影子拆下来送去修补。其实按照约定,昨天就应该修好送还给我才对。"

"说得很好,先生,这是一段完美的说辞,"治安官说,"可请你搞清楚一件事,那就是我的女儿可不愁嫁,要知道你向我女儿求婚的时候,还有几个不错的小伙子向我表达了他们对于米娜的爱意。作为米娜的父亲,我有责任为她选择最好的归宿。我现在给你三天时间取回自己的影子。如果你能取回来,那么我会以最高的礼节将米娜嫁给你,如果取不回来,我向你保证,米娜会立刻成为另外一个人的妻子。"

我知道再说下去也没有什么用处,此时最好的处理方式就是离开。可我还是想试着跟米娜说几句话。然而米娜一直在哭。她一只手紧紧地抱着自己的母亲,另一只手向我摆了摆,示意我赶紧离开。

我跌跌撞撞地走了,感觉自己的世界从此黯淡无光。班德尔想要陪我一会儿,但我只想一个人待着,于是便发疯一般地在森林和田野里奔跑。汗水在我的脸庞上肆意地流淌,却带不走我内心的荒凉,唯有疯狂,能让我在某种程度上好过一些。

也不知道在阳光明媚的森林里跑了多久,我突然感觉有人在扯我的袖子。我停下来环顾四周,竟然是那个穿着灰衣的男人。他气喘吁吁地跟着我奔跑,见我停了下来,赶紧说道:

"我不是跟您约好了今天见面的吗?您跑什么啊!不要着急,还有机会。如您所愿,我将归还您的影子,那时您再回到温泉,告诉大

家之前不过是一个玩笑，那么您必将受到比之前更热烈的欢迎。至于拉斯卡，嗯唔，他居然背叛了您，而且胆敢向您的未婚妻求婚，这个可耻的无赖，您只需要交给我就行了。我会为您处理好一切。"

我好像梦游一般，喃喃道："啊？今天？不是昨天吗？"

刹那间，我如梦初醒，这个该死的家伙跟我约定的时间是一年零一天，我忘记了那个零一天。

实在是太好了，我赶紧把手伸向口袋，想把灰衣人之前给我的钱袋还给他。不过灰衣人却连忙后退："不用还我，先生……不对……现在是伯爵先生了，请您留着这个神奇的钱袋吧。我想要跟您交易的，是另一件事。"

说话间他掏出了一张羊皮纸，让我在上面签名："请您在这里写'当我的灵魂离开肉体的时候，我自愿将它交给持有这张羊皮纸的人'。"

我惊讶极了，怔怔地任由灰衣人用笔尖蘸了蘸我身上的血，这些血是我刚才奔跑时被荆棘划伤流出来的。

"您到底是谁？"终于，我还是开了口。

灰衣人回答道："我是谁重要吗？您难道看不出来，我只不过是一个可怜的魔鬼，一个谦卑的学者，希望在人世间进行一些微不足道的实验。这是我在漫长时间里的唯一消遣。好了，我不值一提，请您签字吧，在这里签'彼得·施勒米尔'。"

这一次，我摇了摇头。

"对不起，先生，"我对灰衣人说，"我不能签字。"

"您不签字？"灰衣人非常惊讶，"您为什么不签字呢？"

我回答道："据我跟您打交道的经验来看，拿灵魂换影子这件事实在有些冒险。"

"哈？冒险？"灰衣人笑了："请恕我冒昧，您了解您的灵魂吗？

您见过自己的灵魂吗？您知道您死后您的灵魂会怎么样吗？难道您想要找一个通灵者，那些半吊子法师，或者用什么所谓的科学，比方说函数或者电流把您的灵魂留在人世？请您看清自己现在的情况吧。您难道希望自己心爱的女孩儿被一个无赖玷污？要不这样吧，我这里有一个可以隐身的帽子，您戴着它去看一看您心爱的姑娘，看看她如今是怎么被一个无赖折磨的。"

我得承认，灰衣人的戏谑让我出奇地愤怒。我在心底里更加憎恶这个恶心的坏家伙了。并且我更加确信一点，那就是我为什么拒绝用自己的灵魂换回影子。可以这么说，就是因为眼前这个无耻的灰衣人，让我失去了盘算利弊的权利。我根本就不愿意像他想的那样，衡量自己取回影子与失去灵魂的得失。我只是怨恨这个讥笑我的魔鬼，它竟敢随随便便地伤害我和我的爱人——那是两颗原本彼此相爱的心啊。

念及此处，我迸发出了前所未有的勇气，正视着这个可恶的魔鬼，说道："愿上帝怜悯他的孩子。我被这个魔鬼所诱惑，与他交易，用自己的影子换了这个钱袋。现在，请您庇护我，为我主持公道，让我可以用您的名义取消这笔交易。"

灰衣人听完我说的话，脸上露出了阴险的笑容。他摇了摇头，示意我对上帝的祈求没有一点作用。

可我却没有放弃，继续说道："我不会再用自己的任何东西与您做交易。您已经用可以掏出无限金币的钱袋骗走了我的影子，现在又想用可以隐身的帽子诱惑我舍弃其他东西吗？那您一定会失望的，因为我不会再和您做任何交易，让我们就此相别，永不再见。"

"如您所愿，施勒米尔先生。您根本没有意识到自己的顽固将会为自己带来什么。我的友好是有限的，但愿下一次我和您相见的时候，您会改变自己的想法。那么，再见了。哎，等一等，还有一件事情没有做。

我得让您看看我是怎么对待交易来的东西的。相信我,我很珍惜这些东西,一直小心地保管。"

说话间,灰衣人从口袋里掏出了我的影子,迎着明媚的阳光,他用一种很巧妙的技巧把它们铺在草地上,然后灰衣人在两个影子之间来回跳跃,一会儿在我的影子这边,一会儿在他的影子那边。而我的影子居然十分顺从,任由这个该死的魔鬼跳来跳去。

我失去自己的影子已经很久了。再见到它的时候,它居然如此地可怜,任由魔鬼奴役。这一切让我陷入了巨大的痛苦之中。我掩面哭泣,而那个该死的魔鬼却浑然不顾,大摇大摆地炫耀自己骗来的战利品,并且用充满诱惑的声音对我说:

"快看这个影子,您只需要用羽毛笔写上自己的名字,就能重新拥有它,并且还能以彼得伯爵的身份,将可怜又不幸的米娜从无赖手中救回来,多简单啊,快拿起羽毛笔,签上自己的名字吧。"

听到"米娜"这两个字时,我的眼泪又流了出来,但是我依然坚定,转过身子,示意恶魔赶紧滚蛋。

而这时,忠实的班德尔出现了。他担心我的安危,一直跟在我的后面。这个虔诚的朋友注意到我在哭泣,于是愤怒地环顾四周,刚好看到了我的影子以及那个他曾经错过的灰衣人。

班德尔决定帮他的主人要回属于他的东西,即使动用武力,他也在所不惜。于是也不问清缘由,便大声地斥责灰衣人,要求他把影子交出来,否则自己高高隆起的肌肉一定会让他吃尽苦头。

然而灰衣人却仿佛没有听见班德尔的警告,像我最初见到他那样,低着头,佝偻(gōu lóu)着腰,连带着我的仆人,一齐消失在无尽的荒野之中。

我独自徘徊在这片荒芜的森林。其间流下了无尽的眼泪。我原以为这样能减轻我的负罪感，让我的心里变得好受一些。但事实却跟我想象的不一样。我的痛苦无边无际，根本没有一丝消亡的势头。

　　有那么一刻，我甚至想让随便哪个会使用毒药的人给我一个痛快。尤其是在我想到米娜的时候。

　　在我的想象里，米娜依旧面色苍白，她以泪洗面，两眼通红。可就当我想要去安慰这个可怜的女孩儿的时候，无赖拉斯卡突然出现在我和米娜之间，他脸上那种嘲讽的表情让我情不自禁地捂着脸在森林里狂奔。可是我跑得越快，拉斯卡追得越紧，他就好像幽灵一般缠着我。即便我跑得精疲力尽，累瘫在地上，泪水打湿了一大片草地，那个幽灵仍然在距离我不远的地方嘲讽着我。

　　"一切的苦难就是因为弄丢了影子。或许我应该考虑一下拿起那根羽毛笔签上自己的名字，这样我就能换回我的影子。"

　　心中的苦楚已经将我折磨得失去了理智。我陷入了一种混乱的状态，失去了本该有的冷静与判断力。

　　就这样，我浑浑噩噩地度过了一整天。渴了饿了，便去山泉旁边找几个果子满足口腹之欲。当夜幕降临的时候，随随便便的一棵树便是我的安身之所。第二天，我被清晨的露珠唤醒，却没有睁开眼睛。我能听到自己的鼾声，也能感觉到周围的一切，但我好像还在梦里，痛苦地呼唤着班德尔。这个忠实的家伙，希望他没有被魔鬼迷惑，像我这样失去本该属于自己的东西。

这种状态持续了三天。这三天里，我像受惊的食草动物一样，尽可能地躲避着一切危险。到了第四天，我才鼓足勇气，跑到一片沙地，坐在一块被太阳晒得滚烫的石头上，贪婪地享受着自己心心念念的阳光。那一刻，我感觉自己绝望的心里生出一股暖流。

可好景不长，我突然听到周边响起一阵轻微的脚步声。我吓坏了，赶紧警惕地扫视四周，却没有看到任何人，只有一个影子。

是的，那是一个人类的影子。一个跟我差不多大小的影子。它正在独自闲逛，好像弄丢了自己的主人。霎时间，我的内心涌出一股强烈的冲动，我用只有自己能听见的声音说道："影子，你在找你的主人吗？或许……或许我可以成为你的主人。"

我朝着影子的方向跳了过去，想要设法踩住它。用我的脚牢牢地踩住它，可能一开始它会不适应，但是我相信随着时间的流逝，它一定会接受我的。

不过影子立刻注意到了我的动作，它迅速把自己藏了起来，让我不得不四下寻找这个调皮的家伙。我找得很耐心，只要一想到这个影子可以将我从可怕的境地中拯救出来，我就充满了动力。

但我又转念一想，如果影子跑到了森林深处，我肯定找不到它。那样我又得独自面对痛苦。这个想法让我的心脏骤然收缩，同时也加快了我的动作，让我的双腿好像插上了翅膀。

终于，我越来越接近影子。可就在我俩仅有一步之遥的时候，影子突然停了下来，正冲着我。我也没做任何考虑，好像狮子搏兔那样

想要跳到影子上面。然而让我意想不到的事情发生了。我居然撞到了一个看不见的东西上面。

未知的恐惧让我死死抓住这个不知道是什么的东西,于是我俩狠狠地摔在了地上。这下那个东西现出了原形。那居然是一个人,他怀里抱着的鸟窝让他可以隐身。问题是这个鸟窝只能让别人看不到他的身体,他的影子却清晰可见。

我也没想那么多,本能地顺势抢过鸟窝,把它抱在怀里,让自己隐身。被我撞倒的那个人想要抓住我,但是他现在已经看不见我了;而他把目光投向地面,想要找到我的影子,结果地面上却没有任何踪迹。恐怕任他想破脑袋也想不到,我居然是个没有影子的人。

本来,我不应该有这样的强盗行为,应该把这个可以隐身的鸟窝还给那个人。事实上,当我看到那个失去鸟窝的人因为绝望而抽搐的时候,我有过那么一瞬间的于心不忍。但是想到这个鸟窝可以帮助我再次融入社会,正常地跟大家交流,我还是狠下了心肠。

或者应该这么说,这样的宝贝跟没有影子的我才是天作之合。我就这样为自己找到了借口,然后迅速地逃跑,徒留那个可怜的人在我身后一直哀叹。

我的首要目的地是治安官的花园,我得去那里看一看灰衣人说的是不是真的。但我在森林里晃荡了太久,已经记不得自己来时的路。

没有办法,我只能爬上一座荒山,看看我到底在哪里。从山顶往下看,我很快便找到了治安官的花园。此时,我的心怦怦直跳,几滴不同于以往的眼泪夺眶而出:我终于可以再见到我的米娜了。

这种对于美好未来的悸动让我没有选择森林里已有的小路,而是笔直地冲向治安官的花园。由于我拥有可以隐身的鸟窝,一路上劳作的农民都没有看见我。

这些人正在谈论我、拉斯卡和治安官。但我根本听不进去,只想早点见到我的米娜。

我充满期待地走进花园,被一阵笑声吸引了。我有些害怕,颤抖着环顾四周,想要确认周围有没有危险,可是这里根本就没有人。

我还听到了一些脚步声,但是经过我的检查,确定周围并没有什么人。我以为自己的耳朵产生了幻觉,于是开始不管不顾,顺着熟悉的道路,走向花园里的房子。

一路上,笑声和脚步声并没有间断,那种感觉就好像有个看不见的魔鬼悄然跟在你的身后一样。可我没时间打量自己身边到底有没有魔鬼,因为房间的门开了,治安官拿着一些文件走了出来。

就在那一刻,我突然感觉到眼前一黑。等到我恢复视力的时候,哦,该死,那个可恶的灰衣人出现在我面前。他见我发现了他,立刻露出了撒旦一般的微笑,然后拿开了遮在我俩头上的隐形帽子。

当时的场面非常诡异,我,一个活生生的人,没有影子;灰衣人,一个魔鬼,居然脚下踩着两个影子;旁边的治安官拿着文件走来走去,却根本没有注意到我们。

灰衣人根本没有给我思考的时间,他在我耳边发出恶魔的低语:

"您看您还是接受我的邀请吧,咱们两个人戴着一顶可以隐形的帽子,怎么样?这个东西好用吧。不过请您把鸟窝还给我,这可不是您应得的,您可是品德高尚的贵族,请您把借走的东西还回来。当然了,如果您需要什么交易,我也很乐意用它跟您做笔交易。"

说话间,灰衣人拿走了我手里的鸟窝。而我根本没有任何反抗的能力。

这一切又把灰衣人逗得哈哈大笑,声音是如此的响亮,以至于忙来忙去的治安官都奇怪地向我们身处的地方瞥了几眼。

和魔鬼的协议

"其实您发现没有,这顶帽子比鸟窝好用,鸟窝只能遮住身子不能遮住影子,而帽子却可以同时遮住身子与影子。实际上,这顶帽子不仅能遮住一个人,它可以同时遮住很多人,比方说像现在这样,同时让我们两个一起隐身。"

灰衣人又笑了,接着说道:"请您记住,施勒米尔先生,每个人终将成为他们本不愿成为的人。您最好按照我的建议,换回您的影子,然后趁着还有时间,救回您的女朋友。在那之后,我们可以把拉斯卡送到绞刑架上,用一根绳子了结了那个无赖。当然,为了达成您的心愿,我会把这顶神奇的帽子送给您。"

我不置可否,却看见米娜的母亲从房里走了出来,与治安官谈起话来。

"米娜怎么样了?"

"可怜的孩子,她还在哭。"

"这个愚蠢的孩子,哭有什么用呢?"

"的确没什么用,但是我的丈夫,您随随便便地把她嫁了,这是一件多么残忍的事情啊。"

"一点都不残忍。无知的女人,你们就是被爱情蒙蔽了双眼,实在是太幼稚了。米娜要嫁的人,是一个帅气多金的男人。他的财富是米娜最大的保障,会让米娜忘记一切痛苦。看在上帝的分儿上,这是多少女孩儿想要却得不到的福气。"

"愿上帝保佑这个可怜的孩子。"

"行了,你只看到了米娜的眼泪,却不知道当她的未婚夫曝出丑闻之后,她被贬低了自身的价值。如果不是拉斯卡先生愿意垂怜我们可怜的女儿,那么米娜将会成为大家的笑柄。我的夫人,你知道拉斯卡先生多有钱吗?他没有用任何贷款,仅用现金就在咱们这里购买了价值六百万金币的农场。我已经检查了所有的文件，全是真实有效的地契。而且他还有一张托马斯·约翰先生亲笔写下的、价值四百五十万金币的欠条。"

"可这全都是他从那个人手里偷来的财富。"

"话不能这么说，只能说拉斯卡先生从那个愚蠢的家伙手里赚了不少金币。"

"他就是一个小偷！"

"你说得对，拉斯卡就是个小偷，可他是一个有影子的小偷。"

"好吧，我说不过您，可是请您再考虑考虑我们的女儿……"

这时，吱呀一声的门响打断了他们的对话。米娜走了出来。她憔悴极了，已经无法靠着自己的力量行走，只能靠在一个女仆的手臂上。而她原本美丽无瑕的面庞布满了晶莹剔透的泪珠。

女仆将米娜搀扶到一个座椅上，米娜的父亲就坐在旁边。他温柔地握住米娜的一只手，轻轻地对她说道：

"米娜，你是我最爱的孩子。因为你从小就懂事孝顺。我知道你肯定不会让自己的老父亲不高兴。我一直都懂得你的孝顺，也因为你的行为而感动。你是幸运的，在即将遭遇不幸之前逃离；你又是不幸的，居然被那个恶心的人骗走了爱情。听着，米娜，我不会因此责备你。即便是老练的我，也一度被他的风采所吸引。但是，米娜，看在上帝的分儿上，哪怕是一只普普通通的野狗都有它的影子。而我唯一的女儿却要嫁给一个连影子都没有的骗子……我绝对不会允许这样的事情发生。听着，米娜，忘掉那个不敢出现在阳光下的人吧，去接受你新的未婚夫。他不是什么贵族，但是他却拥有超过一千万金币的财富。这些财富是咱们家的十倍。所以，米娜，不要反对你的父亲，听父亲的话，做个好女儿。来吧，让父亲为你擦干眼泪，然后去找拉斯卡先生，使出你的浑身解数去讨好他。你听懂了吗？"

米娜用极其轻微的声音回答道："我的父亲，您的女儿现在已经没有任何属于自己的意愿与欲望了。我是被神抛弃的人，居然会爱上一个魔鬼。现在，我知道错了。如您所愿，我会接受拉斯卡先生，让他成为我的丈夫。"

这句话仿佛抽干了米娜所有的气力，她昏倒在座椅上。而我身边的灰衣人则怒气冲冲地看着我，压低声音对我吼道："您能忍心看着这个姑娘为您受苦吗？难道您的体内流淌的不是热烈的鲜血，而是什么别的东西吗？"

灰衣人说完，便不由分说地拉过我的右手，划出一道口子。我的血喷涌而出，灰衣人这才满意地说道："哟，还真的是血啊，啧啧，鲜红的血，刚好可以用来签字。"然后把羊皮纸和羽毛笔塞进了我的手里。

七
绝望让我学会的东西

出卖影子的人

我亲爱的沙米索,请您一定要允许我向您坦白一切。我甘愿接受您的审判。实际上,我这个害苦了他人的可怜虫,早就该接受最严厉的惩罚。在我的一生里,就从来没有用深思熟虑的目光审视过自己的生活,而是带着耻辱与悔恨碌碌无为。

我最亲爱的朋友,您知道的,我本轻盈地走在一条阳光大道上。可是魔鬼却带着我走了弯路。我在这条弯路上越走越远,自觉已经无法回头。

每天夜里,我只能茫然地抬头望向璀璨的星空,一次也不能低头,因为我没有影子。我想过把自己献祭给涅墨西斯[1],以借助她的力量讨伐那个该死的魔鬼。但我是被神遗弃之人,我以为我有资格像个正常人那样,但我贪婪的求爱却深深伤害了我的爱人。

这一切都是我的错。但是我亲爱的沙米索,请您务必再相信我一回。我不是完全的不可救药。我会尽我所能弥补我的过错。为此我可以不惜一切代价,哪怕用尽我身上所有的金币。

您可能无法理解我有多么地怨恨那个该死的魔鬼,这种怨恨刻骨铭心。其实在我的一生当中,有过很多次的妥协,我早就学会了顺从,

---

[1] 涅墨西斯:希腊神话中的复仇女神,代表着铁面无私的正义。

七 绝望让我学会的东西

屈服在自认为不可抗拒的力量之下。但是对于这个剥夺我正常生活权利的魔鬼，我却下定决心，与其斗争到底。

说来也巧，由于我在森林里逗留的那几日几近禁食，再加上精神受到了巨大的冲击，我的状态岌（jí）岌可危。终于在魔鬼逼迫我签字的那一瞬间，我晕倒了，仿佛假死一般，失去了知觉。

我是被一阵跺脚声和咒骂声弄醒的。那时我刚恢复知觉，勉强把眼皮撑开，发觉天已经很黑了。而一旁的灰衣人一直在嘀嘀咕咕："您看看您自己吧，像一个泪眼婆娑（suō）的怨妇一样。像个男人那样，干脆利索地把字签了，或者您早就被击垮了，只会在那里偷偷啜（chuò）泣。"

我挣扎着从地上爬起来，先是扫视了一下四周，发现此时已经是深夜。不远处，治安官的家里灯火通明，时不时会传来一阵欢快的音乐声。一些宾客陆续从治安官家中走出。他们经过我身边的时候，还在讨论拉斯卡和米娜的婚约。

是的，他们两人已经订婚了！

我从头上摘下那顶可以隐身的帽子，帽子底下的灰衣人瞬间就消失了。可我此时无心在意这些，只是急切地、悄悄地走向花园的大门。一路上，我穿过了满是荆棘的灌木丛，又越过了以我名字命名的"彼得伯爵凉亭"。而那个该死的恶魔一直跟在我身边，不停地用尖酸刻薄的话语讥讽我：

"无情的先生，您居然一点都不考虑我的体贴。要知道我为了您心力交瘁，以至于现在患上了严重的神经衰弱。可是，无情的先生，您现在竟然还想逃离我。问题是我们两个早就密不可分啦。您看，您现在的财富其实是我的金币，而我则拥有您的影子。这些牢牢地把我们绑在了一起。您听说过谁的影子抛弃了自己的主人吗？它终将会回

七 绝望让我学会的东西

到您那里。既然如此,您为什么要逃离我呢?别逃避自己的命运,命运早就把您交到我的手里啦。"

我突然发现,这个恶魔翻来覆去就这么几句话,于是不再理会他,只顾着躲开路上的行人,一心想躲进自己居住的地方。

最终,我到达了目的地。可是这里所有的门都是关着的,我也听不到任何声响。恶魔在我身边哈哈大笑:"您看,您看看吧,睁大您的眼睛看看吧。您以为这里还有什么人等着您吗?您那些仆人早就逃走了。哦,不对。您还有个忠实的仆人。为了您,他耗尽了自己所有的力气。但徒劳无功,他并没有为您取得什么实质性的结果。所以他只能回到这里,等着您回来。"

"或许,您应该听听那个可怜人的故事。那么晚安,我期待与您下一次的见面。"说完这些话,恶魔重重地敲响了大门,然后消失得无影无踪。

我在门外听到了班德尔的声音。这个忠实的仆人一直在等待我的归来。当他意识到门外是我的时候,这个可怜的家伙再也无法抑制自己的喜悦,快速地打开门,哭着拥抱了我。

我看着班德尔,简直不敢相信自己的眼睛。以前的班德尔孔武有力,而现在的班德尔疲惫不堪、虚弱无力。

班德尔把我领进了一个很小的房间,因为其他房间破烂不堪,似乎遭到了抢劫。把我安顿好之后,班德尔找来了一些水和食物。我们坐下来交谈。班德尔止不住泪水,他哭着告诉我,那一天他发现了一直在寻找的灰衣人,为了帮我夺回影子,他用尽所有力气挥舞着棒子殴打灰衣人,可是一点用都没有,灰衣人不痛不痒,任由班德尔白费力气。

谈及此处,班德尔表示自己特别羞愧,因为虽然自己坚持了很长

时间，但最终还是精疲力竭地倒下了，以至于自己没能及时回来寻找主人。班德尔实在没有办法了，只能回到这座房子等我回来。

不过，无赖拉斯卡却煽动民众洗劫了我的房子。他们打碎了所有的窗户，只为发泄内心的不满，丝毫没有想过我曾给过他们大把的金币。

我其他的仆人也都跑了，他们害怕自己被我连累。而拉斯卡还不满足，想要驱逐班德尔，下令他24小时之内离开这里。班德尔都已经不抱任何希望了，好在我终于回来了。

班德尔还想补充一下拉斯卡的所作所为，不过我没有让班德尔继续说下去。如今，我已经知道拉斯卡从我这里偷走了财富以及我的爱人米娜。这个邪恶的无赖，估计从一开始就掌握了我的秘密，并且一直谋划着夺走我的一切。我也是愚蠢，居然给了他积年累月的机会，以至于现在的他拥有了一笔无人可及的财富。

班德尔对于我的归来喜极而泣，他一直热切期盼我能够回到这里，可当他真的见到我的时候，他又开始为我感到担心，生怕我遭遇什么样的不幸。

按照以往的情形，我的精神的确会被如此糟糕的境遇击垮。然而我早已深陷绝望。绝望让我学会了平静。如今的我可以坚强地面对一切不幸。这让班德尔感到很诧异，但是他并没有多说什么，只是表示自己会坚定地追随我。

而我，这个被神遗弃之人，深受诅咒的孩子，决心拼一把，挑战自己多舛（chuǎn）的命运。

下定决心之后，我对自己最忠实的仆人说道："班德尔，你了解我的不幸，虽然我并不是罪大恶极之人，但是我现在却应该为自己的过错承担后果。只是亲爱的班德尔，你是个无辜的人。不能再把你牵扯进来，我不想再连累你了。我决定离开，今晚就走。请你去寻找一

七 绝望让我学会的东西

些金子,为我准备一匹马就好,剩下的全留给你。你不必再跟着我,因为我决定孤身一人在世间游荡。但我向你保证,但凡我在这个世间还有一丝快乐,那必定就是我想起你的时候,想起你厚实的胸膛,想起我曾经在那里肆意地哭泣。"

忠实的班德尔难过极了,但他不得不听从他的主人向他下达的最后一丝命令。他试过苦苦哀求,希望我能够改变想法,继续带着他,让他再一次为我安顿好一切。可是我心意已决,狠心地拒绝了他的哀求,只是深情地拥抱了他,然后跳上马鞍,趁着夜色逃离了这个埋藏着我的爱情的地方。

我没有什么方向,也没有什么目的地,任凭我的马在道路上奔跑。因为我的心已经死了,对这个世界不再抱任何希望。

八
与魔鬼同行

出卖影子的人

也不知道从什么时候开始,一位徒步旅行的人跟上了我。他之前跟在我的马后面,发现我们走的是同一个方向之后,便向我请求是否可以将他的外套搭在我的马鞍上。我没有拒绝。而他则亲切地向我道了谢,并且夸赞起我的马。在我看来,他很像我以前的样子,似乎总想着如何对拥有财富的人谄媚。不过现在的我和他不一样,我已经厌倦了这样的恭维,因此我跟他之间没有任何的对话,只有他在那里自说自话。

这个人从早到晚,嘴里说个不停。他先是阐述了自己对于生活和世界的看法,然后居然讨论起哲学中的形而上学[1]。在他看来,形而上学是解开物质本源的关键,只是他只懂得形而上学的概念,却不能熟练运用形而上学的技巧。

我听着他说的这些话,心中不免升腾起一些想法:其实在我年少的时候,我曾经像哲学家那样思考。那个时候,我的精神无比强大,几乎没有任何困扰。就好像这个人在自言自语一样,我生活在自己的世界里,内心强大到不惧怕任何来自外界的干扰。

---

[1] 形而上学:指对世界本质的研究,即研究一切存在者,一切现象(尤其指抽象概念)的原因及本源。最早由亚里士多德所构建,称其为"第一哲学""第一科学"。

但是随着年龄的增长。我就好像急速建造的高楼一样，虽然拥有着强有力的基础，但高层却并不稳固。这就好像一件艺术品，虽然根基打得好，但是越往外的表面越偷工减料，最后只能让人感觉花里胡哨。

那一刻，我竟开始感谢这位喋喋不休的同路人，正是他关于哲学的自言自语，分散了我的注意力。当然了，如果他能理解我隐藏的秘密，并且为之提出有效的看法，那么我将很乐意和他做朋友。

时间不知不觉地过去，我居然没有注意到天空已经露出鱼肚白。当我意识到黎明将至，太阳马上就要从东方升起，挥舞着曙光洒向大地的时候，我惊恐得浑身发抖。因为现在我正处在一个沙漠之中，这里很荒凉，没有一点儿遮挡。

而现在的我，并不是一个人在这沙漠中行走。我身边还有一位同路人。我急切地寻找可以遮蔽自己的地方，然而徒劳无功。太阳还是照在了我们两个人的身上。

与我同行的那个人瞬间在地上铺开了影子。而我却什么都没有。我瞥了一眼那个同行之人，惊讶地发现他竟然变成了灰衣人的模样。

原来，我自始至终都没有摆脱他的束缚。而灰衣人显然看出了我的沮丧，他笑了笑，抢在我开口之前说道："您为什么不能像之前那样，让我们各取所需呢？其实我们有足够的时间了解彼此。您可能没有意识到，您的一生只会前进不能后退，但是您可以选择向山顶前进还是向山底前进。别妄想着回到原来的道路。因为我是绝对不可能让您回头的。不过，现在我决定给您提供一些帮助。我可以走在您的身后，把自己的影子投射到您所在的位置，这样别人会以为我们俩的影子重叠在一起，而不会察觉您是一个没有影子的人。您想想吧，魔鬼也不是您想象中的那么不近人情，我对您有多好您难道没有察觉吗？您看您昨天非常粗鲁地激怒了我，但我却没有怨恨您，并且还为您提供帮助。

所以请您考虑一下，要不要接受我的帮助，让我的影子为您打个掩护。"

我本想拒绝，可是太阳已经升起，路上又出现了一些行人。因此尽管是那么的不情愿，我却别无选择，只能接受灰衣人的建议。灰衣人嬉笑着在我身边晃荡，指挥原本应该属于我的影子移动到我前行的位置。

那一刻，我的感觉非常诡异。一群农民从我身边经过，他们看到了我骑的马，断定我是一个有钱的富翁，便恭敬地为我让路。我骑在马上，内心怦怦直跳，眼睛不由自主地瞥到地上，确认借来的影子是否在它应该在的地方。

好吧，我居然需要从别人那里借原本属于我的影子，而这个别人竟然还是我的敌人。

我的敌人哼着小曲，漫不经心地在我身边走着。他走路，我骑马，可我却觉得自己现在步履维艰。现在的我正面临一个巨大的诱惑，可稍有不慎，我又将陷入万劫不复之地。

突然之间，我扯了一下缰绳，用马刺扎了一下马的肚子，让它在这条路上狂奔而去。但是我虽然随马而走，我的影子却没有跟着我一起前进。它呆呆地留在原地，等待着它现在的主人。

我只能让马停下来，等待灰衣人跟上我，这样才能把影子铺到我希望它停留的位置。而灰衣人不出我所料，再一次用他那尖锐的声音嘲讽我的愚蠢："您得牢记，您的影子现在属于我。除非您合法地从我手中取回它，否则它绝对不会听从您的指挥。"

"像您这样的人需要一个影子，"灰衣人继续诱惑我，"一个高贵的贵族必须拥有与其身份匹配的影子。或许您可以买一个影子替代自己原来的影子。但这是不可能的事。"

我没有说话，低头前行。不过现在的我轻松了许多，甚至感觉自己重新回到了人生的巅峰。因为我终于可以肆意地徜徉在阳光之下了。我又拥有了影子，虽然它是借来的。而在这之前，虽然我拥有着让人尊敬的财富，但是我的内心总是惶恐不安。

总之，灰衣人很好地伪装成了我的仆人，并且表现得卑微且谦逊。他很细心，总能敏锐地察觉到我的需要，然后非常恰当地满足我的需要。不过，在服侍我的过程当中，灰衣人从来没有闭上过嘴，他坚信有朝一日我会屈服于他，用灵魂跟他交易影子。

我对他有着刻骨铭心的仇恨，也很害怕他，但同时又对他有了依赖。实际上，当我重新回到自己之前享受过的奢华世界之后，灰衣人就已经控制住了我。我不得不忍受他的唠叨，很多时候也曾想过屈服于他——是的，每个正常人都有属于自己的影子，更何况是有钱的富人。如果我想要继续享受财富带来的优质生活，抑或是维持生而为人的体面，我就只有一条路可以走。

可灰衣人却没有意识到，我丢掉的不仅仅是影子，还有我的爱情。失去爱情的痛苦让我对生活失去了期望。我早已下定决心，不会再跟那个人做任何交易。就算他拿所有人的影子与我交换，我也不会妥协。只是，我不知道该如何结束这一切，只能漫无目的地前行。

直到有一天，我和灰衣人来到了一个巨大的洞穴，一切才有了转机。那是一个知名的景点，外地来的游客都会前来参观，我们自然也不例外。

我看到很多游客都会往这个洞穴里扔石头，妄图揣测这个洞穴到底有多深。但不知道是岚（lán）风吹偏了石头还是地底的激流吞没了石头，他们全部无功而返。

灰衣人自然不会关心洞穴的深度，他依然在我耳边喋喋不休，为我描绘若是拿灵魂交换影子，那么我将会得到多么优越的生活。

我虽然打心底里认为自己已经笃定了想法，但实在架不住灰衣人

无休无止地唠叨，一时之间竟然有些犹豫。为了驱散这些犹豫，我用双手捂住脸，用手肘支撑在膝盖上，然后决定跟灰衣人进行一次了断：

"先生，你似乎忘记了，我只允许你在我指定的条件下出现在我的身边。我还是自由的，不是你的奴隶。"

"如果您愿意的话，我马上就走，带着影子走。"这是他经常恐吓我的话。在这之前，这种恐吓很奏效，因为每次当他假装要带着影子离开我的时候，我都会要他留下来。不过，这次我没有开口，只是静静地看着他。

灰衣人沉默了好大一会儿，才幽幽开口："我知道您恨我，亲爱的先生，我一直知道您的想法。可是我不明白，您为什么恨我呢？这不公平。想想吧，您曾经在森林里袭击了我，抢走了我的鸟窝，那个可以让人隐身的鸟窝。还有，您试图拐走属于我的影子。可就算这样，我还是原谅了您。我都不恨您，还一心服侍您。请您回想一下，我有没有把拇指伸进您的嘴里，然后生生拽出您的灵魂？您不知道我时时刻刻都有这样的冲动，可我做了吗？我没有。我也没有吩咐仆人殴打您。不过，您现在让我感觉到厌倦了。我最后再一次问您，您愿意和我做交易，用您的灵魂换回您的影子吗？"

我掏出了灰衣人的幸运钱袋，告诉他我只愿意用这个换回自己的影子。

灰衣人根本不理会我的提议，摇头说不可能。

"好吧，好吧，"我深深地吸了一口气，用了吃奶的力气，让接下来说出的话语清晰有力："请你走吧，看在上帝的分儿上，请你不要再跟着我了。这个世界足够大，足以让我们老死不相往来。"

灰衣人以为我这次的拒绝和以前一样，不过是一时的逞能，于是笑着接过了我的话："如您所愿，亲爱的先生，我会离开。不过我得提醒您，如果您在某一刻需要您最卑微的仆人为您做点什么，那么您只需要摇一摇您的钱袋，让里面的金币发出清脆的声响，我就会立刻出现在您的面前，即使那时我可能身处地狱深处。不过，这就是我能为您表现出来的力量。啊哈，您看，即便我要离开您了，我还在为您着想。所以，请您好好保存这个钱袋，它是我们之间沟通的桥梁。总之，您拥有我的钱袋，也就是拥有了我的金币。而我，则拥有您的影子。相信我，除非您交出自己的灵魂，否则您将永远地失去您的影子。"

灰衣人的这些临别之语惊醒了我。过去未解的谜题在我眼前一一闪现，我急忙问道："托马斯·约翰先生是不是跟您做过交易？"

灰衣人笑了，他告诉我托马斯·约翰先生是他的朋友，朋友之间的交易不需要签字。

"他在哪里？"我已经开始歇斯底里，"看在上帝的分儿上，让我知道托马斯·约翰先生现在怎么样了！"

灰衣人很快便满足了我的要求，他从自己的口袋里掏出了一团苍白的、变了形的影子。这应该就是托马斯·约翰先生的灵魂。不过这个灵魂失去了自由，只能哆嗦着嘴唇，机械地重复着一段拉丁文："Justo judicio Dei judicatus sum; justo judicio Dei condemnatus sum."[1] 我被眼前的一幕吓坏了，手忙脚乱地把钱袋扔进洞穴，接着对灰衣人发出了最后通牒："以上帝的名义，你这该死的魔鬼，离开这里！立刻！马上！我不需要你在我面前出现！"

听到我决绝的话语，灰衣人虽然有些不情愿，但还是消失在一片矗立的岩石之中。

---

[1] 大意为：公正的神判决我有罪，我应该受到神的责罚。

九
七里靴

我独自坐在洞穴旁边，身边既没有影子，也没有金币。可是我却感觉异常轻松，也有了许久未曾品尝过的快意。如果我之前能像现在这样，可能我就不会失去自己的爱情。但我又能埋怨什么呢？一切都是我自己的选择。以前，我的选择让我痛苦，而现在，我的选择让我开心。

我也不知道自己现在该干什么，随意地翻了翻口袋，发现了几枚金币，这倒也是件不错的事情。我笑了，又想起自己的马落在了旅馆那里，不过我羞于回到那里，如果真的要回去的话，也得等到日落才行。

现在太阳仍在天空中闪耀着光芒。于是我便找了一棵树，爬到上面睡了一觉。睡梦之中，无数有趣的画面在我眼前飘过，好像一台十分精彩的舞台剧。舞台剧的女主角是米娜，她戴着美丽的花环，在我面前翩翩起舞。我冲她微笑，而她似乎忘记了我的所作所为，向我报以同样的微笑。忠实的班德尔也戴着花环，当他看见我的时候，兴奋地向我挥舞着双手。

除了他们之外，我还看到了许许多多的老熟人。亲爱的沙米索，你也在这些人当中。值得一提的是，所有人都被明亮的灯光照耀着，可每一个人都没有影子。但是，并没有什么人对此提出异议。大家只

九 七里靴

是围坐在棕榈树下,伴着鲜花与音乐,享受着爱和欢乐。

越来越多的人涌进我的梦中,以至于我已经认不出他们都是哪些人。可我非常欢喜,祈祷自己不要醒过来。事实上,我知道自己已经醒了,但还是紧闭双眼,只为让那些梦中的人们能够多停留一些时间。

最终,我还是睁开了眼睛。太阳仍然在天空中闪耀,不过它换了个方向,出现在了东方。也就是说,我竟然睡了整整一天。我把这件事视作自己不应该回到旅馆的信号,于是便毫不在意地舍弃了留在那里的所有东西。

我决定沿着茂密森林里的一条小路走出山口,去迎接自己的命运。一路上,我没有任何想要反悔的意思,也没有想过去找班德尔。即便班德尔那里还有一些金币,而且他也一定希望我回到他的身边。可是我已经下定决心,独自面对新的生活。

现在陪伴我的是一件普普通通的外套以及一双旧靴子,连旅行帽都没有。我只是在森林里随意砍了一根棍子做纪念,然后就开始了自己的旅行。

路上,我遇到了一位老农民。由于他友好地跟我打了招呼,我便与他攀谈起来。我表现得像普普通通的旅行者那样,先向他问路,然后问他当地的风土人情,以及这里有什么美食与特产。

这位老农民既热情又健谈,他一一回答了我的问题。我们交流得很开心。不过,当我们到达一片横穿森林的湍(tuān)急河流时,天空中闪耀着光芒的太阳让我感到不安。我让老农民走在我前面。可是老农民生怕我在过河时遇到危险,于是在河流最湍急的地方停了下来,转头想要告诉我注意这里。

就这样,他发现了我的秘密,情不自禁地问道:"这是怎么一回事?我的上帝啊,您怎么没有影子?"

九 七里靴

"说起来很不幸,我的确没有影子。"我叹了口气,对老农民说道:"一场古怪而又漫长的恶疾让我失去了头发、指甲和影子。虽然现在我的头发长了出来,可是它们全白了。而我的影子,如今还没有任何恢复的迹象。"

"那真是太可怕了。"老人摇着头回答道:"我的上帝啊,你一定是得了一种非常可怕的病。"说完这句话,他就闭紧了嘴巴,并且在接下来的第一个十字路口,一言不发地离开了我。

我能怎么办呢?只能任由苦涩的泪水从我的脸庞上划过,再也没有了与人交流的兴致。

带着内心的忧伤,我继续前进,不再寻求他人的陪伴。我总是选择森林中最幽暗的地方,除非必须穿过阳光可以照射到的地方,我一般都会花上几个小时去探索人迹罕至的道路。到了夜里,我就随便在村子里找一个角落稍作休息,然后继续赶路。

我的想法是去深山里面的一些采矿地,那样我就可以找到一份地下的工作。这样做的目的有两个好处,一是能让我维持基本的生活,二是我发现只有艰苦的工作才能让我不再胡思乱想,摆脱足以击垮我精神世界的焦虑。

可惜天公不作美。接连的阴雨天拖慢了我的脚步,同时还毁了我的靴子。这双靴子是我还是贵族的时候量身定做的奢侈货,并不适合用来流浪。

可我总不能赤脚上路吧。于是我决定买一双新的靴子。某天早上,我小心翼翼地来到一个有集市的村庄,找了一个售卖靴子的摊位。在那里,我花了好长的时间跟摊主讨价还价,并且不得不放弃了许多我喜欢的款式,因为那些款式的靴子实在是太贵了。最终,我选择了一双结实耐用的旧靴子。卖靴子的金发男孩非常友好,他在我付款的时候为我送上了祝福。

我感谢了他,然后穿过北门,继续踏上自己的旅程。一路上,我全神贯注地走着,盘算着走到矿山还需要多长时间,到了那里我该如何介绍自己。这些念头让我没空注意我的脚下。结果没走多远,我就迷路了。我走进了一个古老的冷杉林里,这里的落叶堆积得很厚,一看就是常年无人开采。

我想走出这片冷杉林,可是我前进的方向只有乱糟糟的石堆,石堆上的苔藓很厚,上面还凝结着一层冰晶。我感觉到异常的寒冷,想要赶紧逃离这个诡异的地方,于是加快了脚步。可没走几步,我居然听到了海浪击打岩石的声音。不远处,无数海豹在那里奔跑嬉戏。我不知道发生了什么事情,只好沿着海岸线搜寻回去的道路。可突然之间,天气不再寒冷,反倒变得闷热。我赶紧四下打量了一番,居然看到了几片水稻田。

靠在水稻田边缘的桑树上,我掏出表看了一下时间。距离我离开刚才买靴子的那个集市不过一刻钟而已。为什么我会来到这个地方,难道我在做梦?我咬了咬自己的舌头,想着把自己弄醒。可是我根本就没有睡着。

我无奈地闭上了眼睛,不知道接下来该怎么办。这时,一串奇怪的口音在我耳边响起。我睁眼一看。啊!居然见到了两位中国人。虽然我在这之前从来都没有见过中国人,但是他们的穿着与相貌让我深信自己目前就在中国。

我吓得后退了两步,没想到周围的景色却因此发生了变化。水稻田换成了树丛与森林。我看了一眼,感觉这些都是来自东南亚的物种。我想要走近一些,确认自己的判断是否正确。可是每当我迈开脚步,周围的景色就会随之变化。

出卖影子的人

于是我放慢了脚步,好像一个正在接受训练的新兵,将每一步都踏踏实实地踩下去。而这每一步都让我惊讶无比,因为我总能看到与迈步之前不一样的场景。

现在我确信了,我一定是穿上了童话里的七里靴[1]。

---

[1] 七里靴:法国与欧洲民间传说中的宝物,穿上可以一步行走七里。

十
漫游世界

出卖影子的人

  我被这神的眷恋所震撼，选择默默地跪下祈祷。眼泪从我的眼眶里迸出来，因为这一瞬间，我清晰地感受到了自己的未来：因为我的过错，我被人类社会所驱逐，但现在，我却拥有了广阔无垠的大自然。只要有土地的地方，我就可以凭自己的心愿随意到达。而自然界的万物，都在等着我去探索。我终于有机会用最忠实、最客观的视角审视这个世界，并且把我看到的一切、亲身体会到的一切，用笔记录下来。

  为了证实心中所想，我并没有花太多时间祈祷，而是迅速站了起来，然后前往自己心仪的地方。

  我来到了西藏，据说这里是距离太阳最近的高原。不过我到来的时候，太阳已经西去。为了追赶上太阳，我从东到西游历了整个亚洲，最后竟然来到了美丽的非洲。

  在非洲，我的好奇心被一再勾起。我看到了宏伟壮观的金字塔以及埃及神庙。我还在距离底比斯[1]都城不远的沙漠里发现了一座拥有一百道门的洞穴，这里应该是基督教隐士修行的地方。

  事实上，当我来到这个洞穴的时候，冥冥之中听到了一个声音："这里便是你的归宿。"我听从了这个声音，选择了一个最隐蔽的洞穴。

---

[1] 底比斯：古埃及新王国的都城，位于尼罗河中游，被古希腊诗人荷马称为"百门之都"。

这个洞穴既宽敞又舒适，还能隔绝野兽。

当然了，我不会停下探寻的脚步。有了七里靴的帮助，我可以在直布罗陀海峡那里的海格力斯之柱[1]进入欧洲，比较一下欧洲中部的一些国家与北欧的一些国家有什么不同。

在这之后，我从亚洲北部途经极北之地来到了格陵兰岛以及美洲大陆。我本想好好地看一看南北美洲这两个地方，可是当时南美洲正值严冬，所以我选择从合恩角[2]辗转北上。

北上的途中，我进行了短暂的休息。等到东方升起太阳的时候，我才继续前进，沿着地球上的高峰山脉穿越北美洲和南美洲。在这些地方，我不得不小心谨慎。因为那里遍布熊熊燃烧的火山以及永不融化的雪山，这些地方足以让我失去生命。

而我在西海岸旅行的时候，也的确遭遇了一些危险。这就给我提了个醒，让我在使用七里靴旅行之前，确定哪些岛屿可以进入，哪些岛屿不可以进入。

另外，我曾经从马六甲半岛出发，靠着七里靴来到了苏门答腊、爪哇、巴厘岛。我也曾冒着风险，试图到达西北方向的大陆。可是我的努力并没有取得成果。那里海域辽阔，小岛星罗棋布，稍有不慎我就会跌入海里。因此我只能把脸转向东南，放弃了去新荷兰[3]收集动植物标本的念头。

我亲爱的沙米索，您肯定理解我那时有多么沮丧。我甚至为此而

---

[1] 海格力斯之柱：西方经典中形容直布罗陀海峡两岸边耸立的海岬。一般认为，北面一柱是位于英属直布罗陀境内的直布罗陀巨岩，而南面一柱则在北非，但确切是哪座山峰没有一致说法。主流认为是位于休达的雅科山，一说是位于摩洛哥境内的摩西山。

[2] 合恩角：智利南部合恩岛上的陡峭岬角。位于南美洲最南端，以1616年绕过此角的荷兰航海家斯豪滕的出生地合恩命名。合恩角洋面波涛汹涌，终年强风不断，气候寒冷，是太平洋与大西洋的分界线。

[3] 新荷兰：1814年前，欧洲人将澳大利亚称作新荷兰。

落泪。要知道新荷兰地区的动植物是建立地球上生物体系的重要组成部分。可是我现在却不得不放弃它们，让我的研究有了缺陷。

我不是没有努力过。在南半球正值严冬的日子，我曾一再尝试锻炼自己，比方说让自己在浮冰上呼吸或者干脆在冰冷的大海里游来游去。我也想过从塔斯马尼亚群岛那里登陆新荷兰，为此我不惜将棺材盖子一样的木地板绑在自己的身上，然后准备穿过南极洲到达新荷兰。可是即便做到这种程度，我依然徒劳无功，并没有到达自己心心念念的地方，只能望洋兴叹，隔着茫茫的大海哭泣。

最终，我离开了那片土地，带着悲伤的心情来到了亚洲内陆。在那里，我再次沿着极光向西旅行。然后赶在夜幕降临的时候，回到了底比斯都城，住进了我决定好的住所。

我在底比斯都城休息了片刻，想到此时的欧洲已经是白天，便决定回到那里买一些必需品。其中最重要的是我要再准备一双靴子。因为我的七里靴不能刹车。所以每当我想要停下脚步的时候，只能脱下靴子。我不得不为自己又准备了一双便鞋，这样我在观察动植物的时候，就可以停下来慢慢观察。不过，当一些危险的、领地意识浓厚的猛兽袭击我的时候，我也会立刻丢掉便鞋，穿上我的七里靴逃跑。

说起来，我的手表倒是很好用，它可以在我快速移动的时候为我准确地计时。不过，我还需要一些六分仪、量尺、量杯和与物理相关的书籍。

为了配齐这些东西，我专门去了伦敦和巴黎。伦敦是个好地方，那里常年弥漫的浓雾可以为我免去不少麻烦。而我在身上金币快要花完的时候，去了一趟非洲。在那里很容易就能得到象牙。不过我只选择了小小的一颗，好让自己不用太过劳累。

很快，我就准备好了自己所需要的一切设备，然后开始了我的研究。我开始环游地球，有时候测量高原的海拔，有时候监测空气的温度；我还喜欢观察动物和植物，为此不惜从赤道的这一边跑到那一边，也有过从世界的这一头跑到那一头的经历。

那段时间，我的生活非常愉快。饿了，我便去非洲或者北极吃新鲜的鸟蛋；渴了，我便去热带地区吃枣或香蕉。为了提高幸福感，我有时候还会抽一些烟。不要担心我会寂寞，在底比斯都城，我养了一只忠实的小狗，它在底比斯帮我看家。每次当我带着纪念品回来的时候，它都会摇着尾巴欢迎。它的存在让我感到无比温暖，让我一度忘记了孤单。

可是令我不曾想到的是，这样的日子没过多久，就发生了一件把我推向人群的事情。

十一
真正的生活刚刚开始

那天，我正穿着拖鞋在北欧的某个海岸收集地衣类与海藻类的植物。突然有一只北极熊从某个岩石的缝隙里蹿了出来。我的第一反应是扔掉拖鞋，跳到对面的一个岛上。可是我却高估了自己的跳跃能力，自己仅有一只脚踏在了岛上，而另外一只脚陷入了海水之中。这是因为刚才慌乱之中，我没有完全地脱掉脚上的拖鞋，其中一只还粘在我的脚上。

一股强烈的寒意袭击了我。我拼了命才把自己从这个危险中解救出来。等到我的双脚都踏在岛上的时候，我用尽全力跑到了利比亚沙漠，想要在那里晒晒太阳，驱散寒意。可是当我在阳光下暴晒的时候，却不幸地中了暑。而如此一冷一热让我生了重病，只能摇摇欲坠地迈着步子前进。

可糟糕的是，我忘记了脚上还穿着七里靴。于是我一会儿在东部，一会儿又出现在西部，时而在南半球，时而在北半球，这一刻还待在炎热的沙漠，下一刻就来到了寒冷的极地。

我不知道自己在地球上来回穿梭了多少趟，只觉得自己的血液都变得滚烫，这下糟了，我可能会失去意识。更不幸的是，在我跌跌撞撞的这个过程中，我好像踩到了某个人的脚，他应该很痛，因为我踩

十一 真正的生活刚刚开始

到他脚的那一瞬间，他就狠狠地给了我一拳，把我揍倒在地上。

当我恢复知觉的时候，我发现自己正躺在一张很舒服的床上。这张床的周围还有很多类似的床，它们一起摆放在一个明亮又宽敞的房间里。

我的床边已经坐了几个人，还有些人正特意从另外一张床边走过来观察我。他们一点都不避讳我，大声地讨论着我的事情。可奇怪的是，他们没有叫我的名字。尽管我的脚下，对面的墙上，有着一块黑色的大理石板，上面书写着几个金色的大字：彼得·施勒米尔。但他们却叫我12号。

在我的名字下面，似乎还写着什么。可是当时我太虚弱了，还没有看清写的是什么，就再一次昏迷了过去。

在我昏迷期间，有过短暂的清醒，虽然那时我还无法睁开眼睛。但我还是听到了一些关于彼得·施勒米尔的信息。只是当时的我并没有弄懂其中的意思。

一个善良的男人还有一位总是穿着黑色衣服的美丽女人经常来看我，可我却感觉不出他们是谁。

过了很长一段时间，我才恢复了体力，并且弄明白了他们为什么叫我12号。原来这是因为我的胡子很长，好像一个犹太人一样。[1] 关于这一点，其实我并不在意，我只在意有没有人注意到我是个没有影子的人。

照顾我的人并没有察觉到我的小心翼翼，他们大方地告诉我："你的靴子还有其他的什么东西都被妥善地保存着，等你康复之后便可以

---

[1] 根据犹太教《塔木德》律法，一个男孩在12岁时会举行成年礼。在成年礼上，孩子会被给予一段经文，并被教导如何去阅读和理解它。这意味着他们开始被视为成年人，需要遵守犹太教义、传统和伦理，参与家庭分工与所属犹太社群的各种活动，并享有成年人的权利，包括在礼拜堂里朗读经文以及结婚。所以，犹太人在12岁就被视为成年人。

拿来给你。至于你现在休养的地方，名为施勒米尔疗养所。这里的每个人都得感谢彼得·施勒米尔先生。因为他捐赠了大量的金币，才有了这么一所疗养院。"

而我现在才意识到，原来我在床边看到的那个善良的男人是班德尔，那个身穿黑色衣服的美丽女人居然是我的爱人米娜。只是他们并没有认出我。

当初，忠诚的班德尔并没有拿着我的金币去过富足的生活，他用全部金币建造了这个以我名字命名的疗养院。这里每天接待可怜的人，为他们治病，向他们提供食物。而他们所需要做的回报，仅仅是为彼得·施勒米尔先生祈福而已。

可怜的米娜成了寡妇，无赖拉斯卡罪行累累，被一场刑事诉讼了结了性命，失去了绝大部分的财产。米娜的父母也已经去世了。现在的她就是最虔诚的信徒，把全部精力放在了慈善事业上面。

有一天，我听到班德尔和米娜在聊天。

班德尔很好奇米娜为什么总是拜访这个疗养院："尊贵的夫人，您难道不怕暴露在空气中的病毒与细菌吗？命运已经对您如此不公，难道您已经没有了活下去的念头？"

"不，班德尔先生。我曾经做过不切实际的梦，幻想着过上自己想要的生活。但是梦碎了。自那时起，我便不再畏惧死亡。也是自那时起，我只想快乐地面对现在和未来。而您不也和我一样，在平静的生活中品味幸福吗？"

"您说得对，夫人。感谢上帝，让我们经历了常人不曾有过的经历。我们在不知不觉间咽下了一杯满是苦与涩的饮料，现在杯子已经干涸，我们通过了试炼，真正的生活才刚刚开始。我们不用再揣测接下来的生活会是什么样子。因为不管如何都会比我们之前的生活要精彩。最重要的是，我相信不仅只有我们。我们共同盼望的那个人，也会过上自己想要的生活。"

"如您所愿。"美丽的夫人欠身致意，然后离开了疗养院。

米娜与班德尔的谈话对我产生了巨大的冲击。在这之前，我想过自己应该在不透露身份的情况下离开。可是听到他们对话的我不能就这样一走了之了。于是我请求照顾我的人为我拿来纸和笔。

我是这么写的：你们的老朋友比以前好多了，他现在正在为自己过去犯下的罪恶而赎罪。这一切让他感觉很踏实。

写完这段话之后，我要回了属于自己的东西。因为我感觉自己已经痊愈了。或者应该这么说，现在的我充满了力量。

我穿好了靴子，把标本盒别在身上，然后前往自己在底比斯的家。距离那里还有些距离的时候，我看到了自己养的小狗。这个可爱的家伙在家里等得太久，想要出门迎接它的主人。现在如它所愿，它的主人回来了。小狗立刻扑到了我的怀里，一次又一次地向我示好。

我在底比斯安静地休养，直到我完全恢复了体力，才开始原来的生活。不过整整一年的时间，我都没有靠近寒冷的极北之地，那里让我心有余悸。

我亲爱的沙米索，我一直在这样地生活。虽然在最初的那段日子里，我也有顾虑，害怕频繁地使用七里靴会像罗马帝国的皇帝德基乌斯[1]那样毁于消耗。不过目前看来我的顾虑是多余的，七里靴的力量并没有丝毫衰退。

于是在它的帮助下，我尽可能地探索地球，比方说计算地球的形

---

[1] 德基乌斯：全名盖乌斯·麦西乌斯·昆图斯·德基乌斯（201—251 年），罗马帝国皇帝。本是普通元老，因帮助阿拉伯人菲利普巩固政权，并在巴尔干击退了哥特人的入侵而飞黄腾达。后被部下拥立为帝，在内战中消灭了菲利普父子，并统治罗马帝国。251 年，在和哥特人的战争中阵亡，成为第一个被蛮族军队杀死的罗马皇帝。

状、测量地表最大高度、记录世界各地的温度以及观察气候的变化。大自然的包容与茁壮的生命力充实了我的精神世界，我比任何时候都要满足。

在我的几部拙作里，尽可能系统、详尽地记录了我在世界各地的观察结果。并且在一些论文当中，我大胆地提出了自己的看法，比方说我通过研究非洲内陆、北极的部分地区、亚洲内陆以及东海岸的地理状况，撰写了《东西半球植物生长史》，将现有的已知物种数量增加了近三分之一。

目前，我还在努力地研究动物种群，争取在自己拥抱死神之前整理成册交与柏林大学。

而您，我亲爱的沙米索，我希望您可以成为我的见证者。这样当我从这个世界上消失的时候，还能把这些有用的研究流传下去。不过，我更想让您告诉大家，如果还想在人类社会中生活，请务必保管好自己的影子。您应该让大家了解到影子的价值，它们比黄金还珍贵。

不过，当您的内心足够强大，懂得自己为什么而活着的时候，您就用不着我的任何建议啦。

作者简介

沙米索（1781—1838）

德国作家，童话大师安徒生的挚友，全名阿德尔贝特·冯·沙米索。他生于法国贵族家庭，童年时随父母逃亡德国。曾经当过兵，参加过环球远航，拥护法国大革命。德国以他的名字设立了"阿德尔贝特·冯·沙米索文学奖"。

绘者简介

奥古斯丁·科莫托

西班牙插画家。获 2006 年阿根廷 IBBY 最佳插画奖提名、墨西哥经济文化基金会颁发的风岸奖，并上榜 2002 年德国"白乌鸦"书单，作品在多国出版。

译者简介

琳　子

青年译者，译有哲学家尼采、罗素的作品。